IM REICH DER VERLORENEN DINGE

Claudia Kaiser & Martin Lickleder

IM REICH DER VERLORENEN DINGE

Mit Illustrationen von Martin Pflanzer

نشر میوه گل سرخ Hagebutte Verlag

Dieser Text entstand mit Hilfe des Literaturstipendiums der Landeshauptstadt München. Besonderen Dank an Dr. Katrin Lange.

Danke an Franziska Gehm, Alex Rühle, Renate Groß, Christoph Gremmer, Andreas Heckmann und Noni Lickleder.

1. Auflage März 2019

ISBN 978-3-96252-005-2 Print
ISBN 978-3-96252-006-9 E-Book

Layout und Satz: Martin Pflanzer
Druck und Bindung: Finidr, s.r.o., Český Těšín

FSC
www.fsc.org
MIX
Papier aus verantwortungsvollen Quellen
FSC® C014138

Die Deutsche Nationalbibliothek verzeichnet diese Publikation in der Deutschen Nationalbibliografie; detaillierte bibliografische Daten sind im Internet über dnb.dnb.de abrufbar.

www.hagebutte-verlag.eu

ERSTES KAPITEL

IN DEM VIEL GESUCHT, WENIG GEFUNDEN UND ZU ALLEM ÜBERFLUSS AUCH NOCH ETWAS VERLOREN WIRD

»Hallo Leute, da bin ich!«

Ivi zog die Haustür hinter sich ins Schloss und grinste einer gerahmten Fotografie ihrer Eltern zu, die gleich neben der Garderobe an der Wand hing.

Es war ein Hochzeitsfoto. Ivis Vater und Mutter waren auf dem Foto sehr jung, sehr glücklich und in schwarz-weiß. Außerdem hatten sie eine so wunderschöne glatte und zarte Haut, dass es Ivi so vorkam, als wären sie gar keine echten Menschen, sondern einfach nur besonders große Puppen aus feinem Porzellan. Genau wie die Puppen, die bei Ivis Großmutter in der Vitrine standen und mit denen auf gar keinen Fall gespielt werden durfte, weil sie nicht zum Spielen da waren, sondern um gesammelt zu werden.

Ivi ließ ihren Schulranzen mit einem ungeniert lauten Gähnen auf den Boden plumpsen, die tropfnasse gelbe Regenjacke oben drauf und Mütze und Schal gleich noch hinterher.

Aber dann fiel ihr Blick ein zweites Mal auf das Bild der Eltern, und Ivi bildete sich ein, dass da auf der glatten Stirn von Vater und Mutter plötzlich ein paar von diesen Runzeln wären, die sie immer bekamen, wenn ihnen etwas an Ivi missfiel.

»Ja, ja, ich weiß ja, ihr habt es mir schon fünf Trilliarden Mal gesagt«, seufzte Ivi und hängte ihre Sachen, so ordentlich, wie sie eben konnte, an die Garderobe. Dann setzte sie sich auf den Fußboden und streifte sich ihre Gummistiefel von den Füßen, so stürmisch, dass jeder Schuh in hohem Bogen in eine andere Ecke des Flurs flog.

»Das würde euch so passen, einfach auszubüchsen! Ihr glaubt wohl, ihr müsst keine Ordnung halten?«, schimpfte Ivi und packte die beiden streng nebeneinander ins Schuhregal.

Zu guter Letzt zog sich Ivi das knallrote Band über den Kopf, an dem sie ihren Hausschlüssel um den Hals trug, und hängte es am Schlüsselbrett an den Haken, den ein kleines Schild als Ivis höchstpersönlichen Schlüsselhaken auswies.

»Bitteschön, ich hoffe, ihr seid jetzt zufrieden! «, sagte Ivi zu ihren Foto-Eltern, und es war ihr, als nicke ihre Mutter zufrieden vom Bild herunter: »So isses recht, Ivi, immer alles schön an seinem Platz.«

Auch Ivi und ihre Eltern hatten schon lange »ihren Platz«.

Seit Ivi denken konnte, wohnte sie in diesem Haus, nicht besonders groß und nicht besonders klein, nicht besonders alt und nicht besonders neu. Es war hellbraun angestrichen und hatte mehrere Stockwerke, in denen außer Ivis Familie noch andere Leute wohnten. Genau wegen dieser anderen Leute durfte Ivi in der Wohnung nicht Seilspringen, und Topfschlagen durfte sie nur an ihrem Geburtstag spielen, denn unter gar keinen Umständen durften diese anderen

Leute gestört werden.

Eine von diesen anderen Leuten war Frau Öttinger. Sie wohnte in der Wohnung über ihnen. Ivis Eltern sagten, Frau Öttinger habe den Verstand verloren, und wenn sie das sagten, wurden ihre Stimmen immer ganz leise. Ivi sollte deswegen nicht zu Frau Öttinger in die Wohnung gehen, denn man wisse nie, was dieser Frau wieder als Nächstes einfiele.

Ivi ging aber trotzdem immer wieder nach oben zu ihr, weil sie so lustige Ideen hatte - wie letzte Woche. Da hatte sie ihr den Kakao nicht in der Tasse serviert, sondern in einem großen Suppenteller. »So wird er viel schneller kalt und man muss nicht so unverschämt lange warten, bis man ihn trinken kann«, hatte sie gesagt. Ivi fand das eine außerordentlich gute Idee.

Doch als sie ihren Eltern am nächsten Tag vorschlug, ihren Sonntagskaffee auch aus dem Suppenteller zu trinken, schüttelten die nur verärgert den Kopf und meinten, Frau Öttinger würde Ivi noch mehr Flausen in den Kopf setzen, als dort ohnehin schon herumgeisterten.

Ivi bog vom Flur nach links in die Küche ab, die so aufgeräumt und sauber war wie aus einem Möbelkatalog. Auf dem Küchentisch fand Ivi den üblichen Zettel.

»Kommen heute später nach Hause, Essen in der Mikrowelle, und mach deine Hausaufgaben!

In Liebe, deine Eltern«.

Eigentlich hätten Ivis Eltern sich diesen Zettel sparen

können, denn sie kamen jeden Tag »später« nach Hause, und Ivis Essen wartete immer in der Mikrowelle auf sie.

Die Eltern hatten ein kleines Geschäft für Eisenwaren, wo sie hunderterlei Schrauben und Nägel verkauften, die in Unmengen von kleinen Schubladen und Schachteln untergebracht waren. Den lieben langen Tag taten sie nichts anderes, als Schrauben aus den Schubladen herauszunehmen, um sie an ihre Kunden zu verkaufen, oder neue Schraubenlieferungen wieder in die Schubladen einzusortieren. Damit waren sie so beschäftigt, dass sie meistens erst zum Abendessen wieder heimkamen. Und weil sie den ganzen Tag über mit Aufräumen beschäftigt gewesen waren, konnten sie auch zu Hause nicht mehr damit aufhören.

Ivi fand das manchmal sehr schwer zu verstehen. Woher wussten ihre Eltern denn immer so genau, wo etwas »seinen« Platz hatte? Gab es irgendein geheimes Nachschlagewerk, in dem man jeden beliebigen Gegenstand nachschauen konnte, und dann stand da unter »Telefonbuch« zum Beispiel »auf dem Tischchen bei der Eingangstür« oder unter »Fernbedienung« »im Regalfach neben den Kristallkugeln«?

Und was, wenn das Telefonbuch gerade dringend als Floß gebraucht wurde, ohne das Ivis tapfere Schatzjägerfiguren niemals die reißenden Teppichstromschnellen in der Schlucht zwischen Sessel und Sofa durchqueren konnten? Oder wenn die Fernbedienung unbedingt in der Rolle des Schatzes benötigt wurde, als der »sagenumwobene Schwarze Goldbarren« nämlich?

Ivi jedenfalls kam nicht ganz hinter dieses Geheimnis des »richtigen Platzes«, so oft ihre Eltern ihr auch die Vorteile einer solchen Ordnung erklärten.

Zum Beispiel, meinten sie, würde Ivi dann nicht dauernd alles Mögliche verlieren. »Verschlampen«, sagte ihr Vater sogar manchmal, wenn er sich mal wieder besonders über Ivis Unordnung aufregte, so wie gestern.

»Überleg doch mal, was du in den letzten Wochen alles verschlampt hast«, hatte Papa gesagt und seine Stirn so stark gerunzelt, dass man in den Falten einen Bleistift hätte festklemmen können. »Erst der eine von den roten Handschuhen mit den blauen Schneeflocken, die du von der Oma bekommen hast. Dann die grünen Glitzerohrringe, die du unbedingt zum Geburtstag haben musstest - drei Tage später: beide weg. Und dann noch letzte Woche das Jo-Jo mit dem eingebauten Blinklicht, das ich dir für mein sauer verdientes Geld gekauft habe.«

Hier musste Ivi aber protestieren: »Stimmt nicht, das Jo-Jo habe ich von meinem eigenen Geld gekauft!«

»Und woher hast du dein eigenes Geld, mein Fräulein? Ja wohl von mir!« Heute nahm es Papa aber wirklich ganz genau. »Und wo wir schon dabei sind: Wo ist denn der Zehner, den ich dir letzte Woche gegeben habe, damit du davon Schulhefte kaufen kannst?«

»Ich geb's ja zu, den habe ich verloren.« Sie verschränkte die Arme vor der Brust und sah dazu ein bisschen schuldbewusst, aber auch ein bisschen trotzig drein. »Aber ich schwöre, ich kann nichts dafür. Er war in meinem Geldbeutel, und der war in meiner Schultasche, und die war verschlossen, aber der Geldbeutel ist trotzdem rausgefallen. Das stimmt eben gar nicht, dass ich immer Sachen verliere!«

»Sondern?« Papa wirkte tatsächlich ernsthaft interessiert.

»Sie *gehen* verloren! Sie … sie … *verschwinden*! Sind plötzlich weg! Da hilft die beste Ordnung nichts!« Ivi ruderte verzweifelt mit den Armen. »Das musst du mir glauben, Papa!«

Doch Papa schüttelte nur den Kopf. »Wie geht das Sprichwort, Ivi?«

Ivi seufzte. Dann leierte sie: »Der eine glaubt, der andere schraubt.« Das war Papas Lieblingsspruch. Weil nämlich eine Schraube drin vorkam. Ivi hatte sogar den Verdacht, dass Papa sich den Spruch selbst ausgedacht hatte, so froh war er immer, wenn er ihn irgendwo anbringen konnte.

Aber jetzt war Papa ganz ernst. »Genau, Ivi. ›Der andere schraubt.‹ Und weißt du, was das heißt?« Er fasste sie an beiden Schultern und redete ganz eindringlich zu ihr. »Das heißt, du musst *wissen*, wo die Schrauben sind, nicht *glauben*. Du musst deine Sachen zusammenhalten, Ivi. Sachen verschwinden nicht. Sachen tun gar nichts.«

Aber das stimmt ja gar nicht, dachte sich Ivi, als sie noch einmal über die Ansprache ihres Vaters nachdachte, während sie ihrem Mittagessen beim Warmwerden zusah. Sachen tun sehr wohl was. Die Mikrowelle da macht die Spaghetti warm und summt dabei. Der Spaghettiteller dreht sich, und die

Spaghettisoße wird flüssig. Und wenn Papa wieder sagt, »Die Mikrowelle ist doch eine Maschine, die tut das doch nicht selber, die macht das automatisch«, dann sag ich einfach: »Vielleicht war der Zehner ja auch eine Art Maschine? Und ist eben ganz automatisch verschwunden?«

Als Ivi sich das Gesicht ihres Vaters vorstellte, musste sie leise kichern, bis sie von einem »Kling!« unterbrochen wurde. Sie holte den Teller aus der Mikrowelle und trug ihn zum Küchentisch.

Doch irgendwie wollten ihr die Spaghetti heute nicht recht schmecken. Erstens hatte Mama mal wieder zu wenig Tomatensoße drauf getan, da konnte Ivi das Zeug im Teller herumschleifen, so lange sie wollte, die Nudeln blieben immer trocken und käsig bleich. Sie nahm nur ein paar Bissen und ließ den Rest stehen.

Und zweitens ging ihr immer noch die Sache mit der Schlamperei im Kopf herum. Plötzlich fielen ihr nämlich immer mehr Dinge ein, die in letzter Zeit verloren gegangen waren, und sie holte sich vom Telefontischchen im Flur Stift und Papier, um sich eine Liste zu machen.

Da war zum Beispiel die rot-weiß geringelte Mütze, die Mama ihr gestrickt hatte, aber, na ja, die hatte sie ohnehin nie so richtig gemocht.

Oder der schöne Kugelschreiber aus durchsichtigem Plastik, in dem innen drin ein Segelschiff auf- und abfuhr, wenn man ihn auf den Kopf stellte, und den sie immer angeschaut hatte, wenn in der Schule mal wieder so was tödlich

Langweiliges dran war wie Kopfrechnen oder Sachkunde. »Schwachkunde«, hatte ihre Banknachbarin Julie neulich gesagt und dann hatten sie beide so furchtbar kichern müssen, dass die Lehrerin sie für den Rest der Stunde auseinandergesetzt hatte ... Hatte Julie ihr vielleicht den Stift gemopst – sie fand ihn doch auch immer so ganz besonders toll?

Nein, Ivi schüttelte den Kopf. Julie würde so etwas nie tun. Schließlich war sie doch ihre beste Freundin!

Aber wo war der Stift dann hingekommen? Auf jeden Fall gehörte er auch zu den verschwundenen Dingen, Ivi schrieb also seufzend »Schiffstift« auf ihre Liste.

Und dann fiel ihr das Allerärgerlichste ein: Die Indianertasche!

Ivi verstand gar nicht, warum sie da jetzt erst drauf kam. Aber dann erinnerte sie sich: Letzte Woche war das passiert, und als sie entdeckt hatte, dass die Tasche verschwunden war, hatte sie sich den ganzen Tag grün und blau geärgert und an gar nichts anderes mehr denken können – und dabei musste wohl das mit Papas Zehner passiert sein. Und das hatte dann wiederum für so einen Aufstand gesorgt, dass sie das mit der Indianertasche ganz vergessen hatte.

Dabei war diese Tasche ihre absolute Lieblingstasche gewesen: Ganz aus gelben und roten Lederflecken, die mit groben Stichen zusammengenäht waren, unten mit ganz vielen Fransen dran, dazu ein roter Riemen zum Umhängen, und zum Zumachen zwei riesige silberne Schnallen. So eine richtig tolle Indianertasche, das stand fest.

Sie hatte Mama dazu gebracht, ganz schnell mit ihr ins Geschäft zu gehen, bevor sie jemand anderer wegschnappen konnte. Dafür hatte sie versprechen müssen, zwei Wochen lang jeden Tag ihr Zimmer aufzuräumen – und kaum hatte sie die zwei Wochen hinter sich gebracht, war die Tasche weg!

Das war eindeutig das Schlimmste gewesen, deswegen schrieb Ivi auch in extragroßen Großbuchstaben »INDIANERTASCHE« hin. Sie schrieb noch den Handschuh, die Glitzerohrringe und das Jo-Jo dazu, dann nahm sie die Liste vom Tisch und sah sie sich noch mal an. Das Blatt war schon fast restlos vollgeschrieben, nur mit Dingen, die in letzter Zeit verschwunden waren!

»Verflitscht und verflutscht, so geht das nicht weiter«, sagte Ivi laut. Sie musste anfangen, ihre Sachen wiederzufinden. Am besten fing sie gleich damit an.

Eine Stunde später hatte Ivi schon fast die gesamte Wohnung auf den Kopf gestellt. Im Wohnzimmer lagen sämtliche Bücher vor den Regalen auf dem Boden, in der Küche stand der Inhalt des Kühlschranks neben dem Herd, und in ihrem Zimmer war alles auf dem Bett zu einem großen Haufen aufgetürmt: ihr Spielzeug, ihre Kleider, ihre Schulsachen, sogar ihre Schuhe.

Oben drauf setzte sie zur Krönung noch ihr allerältestes Spielzeug, einen Teddy, der so verschmuddelt und abgeschabt war, dass sie ihn selbst nur noch »Armer Bär« nannte.

Trotzdem weigerte sie sich, ihn wegzuwerfen, und zog ihm ab und zu sogar neue Kleider an, obwohl sie für solche Spiele eigentlich längst zu alt war.

Süß sah der Arme Bär aus, wie er da oben saß mit seiner kleinen roten Strickjacke, dem grünen Mützchen und seinem gelben Häkelhöschen. Wie ein kleiner König.

Doch so gelungen sie ihr Werk fand – gefunden hatte sie noch immer nicht das kleinste bisschen, abgesehen vielleicht von einem lang vermissten rosa Socken, der sich im hintersten Eck unter dem Bett versteckt hatte. Das half ihr aber auch nicht viel, denn der zweite Socken blieb genauso verschwunden wie alles andere.

Ivi wurde langsam ein wenig mulmig. Wenn ihre Eltern nach Hause kamen und das Chaos sahen, das sie angerichtet hatte, würde sie gewaltig was zu hören kriegen. Für Ivis Erklärung, dass sie eben ganz gründlich nach den verlorenen Sachen hatte suchen wollen, hatten ihre Eltern ganz sicher kein Verständnis – Papa verstand ja noch nicht einmal, wie etwas überhaupt verloren gehen konnte!

Da fiel Ivi plötzlich das Geheimrezept ihrer Mutter ein, wenn irgendwas nicht da war, wo es sein sollte. Papa passierte das nie, aber bei Mama kam es schon ab und zu vor, dass sie ihre Handtasche nicht finden konnte oder ihren Autoschlüssel. Einmal hatte sie sogar ihren goldenen Ehering verloren!

Drei Tage lang hatte sie wieder und wieder die Wohnung abgesucht und war schon ganz verzweifelt gewesen - und dann hatte sie es mit einem Trick versucht, den sie von ihrer eigenen Mutter hatte, von Ivis Großmutter also: Man musste die Augen ganz fest zumachen, so lange, bis man bunte Sternchen sah, und dabei musste man sich dreimal um sich selbst drehen und bei jeder Umdrehung sagen: »Wer suchet, der findet! Wer suchet, der findet! Wer suchet, der findet!« Dann machte man die Augen auf und stellte sich vor, man sähe alles zum allerersten Mal.

Und tatsächlich hatte Ivis Mama mit diesem Trick den Ring gefunden: im Kühlschrank nämlich! In einem Gurkenglas! Da hatte sie ihn versehentlich hineingetan, sie wusste auch nicht mehr, wie!

Ivi beschloss sofort, diesen Trick auch anzuwenden. Ihr fiel sogar noch etwas ein, was den Trick womöglich noch wirkmächtiger machen könnte - das Wort »wirkmächtig« hatte sie in einem Buch über Zauberer gelesen, es klang äußerst bedeutend, fand sie. Auf jeden Fall würde sie nicht nur die Augen schließen und sich drehen – nein, sie würde sogar die Wohnung verlassen und die Tür zumachen! Dann würde das mit dem Alles-zum-allerersten-Mal-Sehen ganz sicher noch besser hinhauen!

Sie nahm also sorgfältig den Schlüssel mit dem knallroten Band vom Haken und hängte ihn sich feierlich um den Hals. Dann öffnete sie die Tür, ging hinaus ins Treppenhaus und zog hinter sich die Tür mit einem energischen Ruck wieder zu. Sollten da drin nur alle glauben, sie wären jetzt unbeobachtet!

Sodann schloss Ivi die Augen, so fest sie nur konnte. Und da kamen auch schon die bunten Sternchen! Sie fing also an, sich zu drehen, und dazu sagte sie laut bei jeder Drehung: »Wer suchet, der findet!« Zweite Drehung: »Wer suchet, der findet!« Und dritte Drehung ...

»So ein Mumpitz!«, sagte da jemand.

Ivi öffnete verwirrt die Augen. Weil sie sie vorher so fest zugepresst hatte, konnte sie zunächst nicht genau erkennen, wer da vor ihr stand, nun hagelte es nämlich erst mal weiße Sternchen statt bunte. Sie nahm nur den dunklen Umriss einer kleinen Gestalt wahr, auf deren Kopf ein riesiger Cowboyhut saß. Und aus diesem Cowboyhut ragten seitlich links und rechts auch noch zwei Hörner heraus!

»Wer suchet, der findet, so ein Mumpitz«, wiederholte die Gestalt und lachte herzlich. Da erkannte Ivi die Stimme: Das war Frau Öttinger! Mit einem Cowboyhut auf ihrem Kopf, in dem ja angeblich kein Verstand mehr war!

Als Frau Öttinger bemerkte, dass Ivi wie gebannt auf ihren Hut starrte, lachte sie schon wieder. »Ja, Ivi, da staunst du!«, rief sie und klang nicht wenig stolz dabei. »Das ist mein neuer Hut! Mit Hörnern aus Schaumstoff, siehst du, lustig, nicht?«

Doch bevor Ivi antworten konnte, plauderte die alte Dame gleich munter weiter. »Den muss ich jetzt immer aufhaben, das habe ich mir so ausgedacht. Wenn ich nämlich mit dem Hut auf die Straße gehe, schauen mich alle so komisch an wie du gerade. Dann überlege ich mir, was bei mir denn nicht stimmt, und dann fällt mir ein, dass ich zu Hause ja noch den

Herd angelassen habe. Und dann geh ich zurück, um ihn auszuschalten. Gut, nicht?«

Ivi überlegte, während sie immer noch starrte. Ihren geheimen Suchtrick hatte sie für den Moment völlig vergessen. »Stimmt, das ist nicht schlecht«, musste sie schließlich zugeben, »aber ärgern Sie sich nicht, wenn Sie zurückkommen und den Herd doch schon ausgeschaltet hatten?«

»Ich lass den Herd *immer* an!«, entgegnete Frau Öttinger fröhlich. »Ich kenn mich doch! Aber nun zu dir, kleine Dame. Was stehst du denn hier draußen und redest solchen Stuss?«

Ivi errötete. »Was für Stuss?«

»Na, ›Wer suchet, der findet‹ und solchen Blödsinn.«

»Aber das ist doch ein Sprichwort«, protestierte Ivi, »und ich probiere gerade einen Suchtrick aus, bei dem man das sagen muss. Ich habe nämlich etwas verloren!«

Frau Öttinger schüttelte den Kopf. »Mit so einem läppischen Spruch wirst du es auf jeden Fall nicht finden, das lass dir von mir gesagt sein, kleine Dame. Und ich muss es ja wohl wissen, ich habe nämlich schon vor Jahren meinen Verstand verloren, wie du vielleicht schon gehört hast.« Sie tippte sich dabei vielsagend an ihren Cowboyhut.

Ivi riss die Augen auf. »Dann stimmt das also?«

Frau Öttinger nickte mit Nachdruck. »Aber natürlich stimmt das. Und weißt du was? Die erste Zeit habe ich alles Mögliche versucht, auch mit solchen Sprüchen wie du. Aber das hat natürlich nur ganz, ganz wenig gebracht.« Sie dachte kurz nach. »Eigentlich noch weniger. Gar nichts hat es gebracht, würde ich sagen.«

»Und was haben Sie dann gemacht?«, fragte Ivi gespannt.

»Genau dasselbe.«

»Wie, ›genau dasselbe‹?« Nun war Ivi verwirrt.

»Na – gar nichts!«, platzte Frau Öttinger heraus und lachte schallend. Es dauerte eine ganze Weile, bis sie sich wieder beruhigt hatte. Dann fuhr sie fort: »Nach einer Weile habe ich dann nämlich herausgefunden, dass ich meinen Verstand gar nicht brauche. Siehst du, das Wort *Verstand* kommt nämlich von *verstehen*.«

Sie zwinkerte Ivi zu, als hätte sie ihr gerade den alles entscheidenden Kniff verraten. Aber Ivi wirkte weiter ziemlich ratlos. Da breitete Frau Öttinger die Arme aus und rief: »Na, ist doch klar, kleine Dame: Was muss ich denn noch etwas verstehen? Ich weiß doch alles!«

Wieder brach sie in lautes Gelächter aus, und diesmal riss sie sich dazu sogar vor Freude ihren Cowboyhut vom Kopf und warf ihn in die Luft. Beim Versuch, ihn wieder aufzufangen, stolperte sie und wäre um ein Haar die Treppe hinuntergefallen. Ivi hob den Hut für sie auf und gab ihn ihr wieder.

Beim Anblick des Hutes fiel Frau Öttinger etwas ein. Sie drehte sich um und stapfte wieder die Treppe zu ihrer Wohnung hinauf. Auf halber Höhe wandte sie sich zu Ivi um: »Ich muss nur noch einmal nach dem Herd sehen. Aber dann komme ich wieder und zeige dir, wie man wirklich etwas findet!«

Zwei Minuten später war Frau Öttinger wieder da. Ivi sah sie gespannt an. Geheimnisvoll war ihr die alte Dame ja schon immer vorgekommen, aber dass sie, wie sie behauptete, tatsächlich *alles* wissen sollte, das fand sie allerhand. Ging das überhaupt? Ivi fragte sich, was ihre Eltern dazu gesagt hätten.

»So«, schnaufte Frau Öttinger, noch etwas außer Atem vom Treppensteigen, »und jetzt erzähl mir, was du verloren hast. Damit wir es schleunigst finden können.«

Ivi zog aus ihrer Hosentasche die zusammengefaltete Liste.

»Oho!«, machte Frau Öttinger und kratzte sich unter dem Hut hinterm Ohr, irgendwie wie ein echter Cowboy, fand Ivi. »Das ist ja einiges«. Sie las langsam vor und betonte jedes Wort ganz deutlich.

1. Rot-weiß geringelte Strickmütze
2. Schiffstift
3. INDIANERTASCHE
4. Papas Zehner
5. Roter Handschuh mit blauen Schneeflocken drauf
6. Grüne Glitzerohrringe
7. Jo-Jo mit Blinklicht

Frau Öttinger faltete die Liste feierlich wieder zusammen. »Soso. Da werden wir wohl zu einer absolut todsicheren

Methode greifen müssen.«

Ivi war jetzt schon beeindruckt. Trotzdem wollte sie Frau Öttinger wissen lassen, dass sie sich auch so ihre Gedanken gemacht hatte. »Meine Mutter sagt aber, ›Wer suchet, der findet‹ wäre auch eine absolut todsichere Methode! Damit hat sie sogar ihren Ring wieder gefunden!«

Das machte Frau Öttinger so unwillig, dass Ivi schon Angst hatte, sie würde sich gleich wieder umdrehen und gehen. »Nein, nein, nein! Ich hab dir doch schon gesagt, dass das nicht funktioniert. Und weißt du warum? Weil die Sachen es nicht mögen, wenn man sie zuerst links liegen lässt und dann denkt, sie müssten auf eins, zwei, drei wieder da sein.« Sie schnaubte ein wenig verächtlich. »Das mit dem Ring muss reiner Zufall gewesen sein, oder der Ring deiner Mutter ist eben ein etwas dämlicher Ring. Das kannst du deiner Mutter ruhig bestellen!« Sie ruckelte missmutig an ihrem Cowboyhut.

Ivi schwieg betroffen. Aber irgendwie, musste sie zugeben, hatte sie sich insgeheim so etwas auch schon gedacht.

»Suchen muss man schon, ja«, fuhr Frau Öttinger fort, »aber der Witz ist, und jetzt pass mal gut auf: Der Witz ist, dass man nie das suchen darf, was man finden will!«

»Wie soll das denn gehen?« Ivi verstand schon wieder gar nichts.

»So wie ich es dir vorhin erzählt habe«, erwiderte Frau Öttinger, »die Sache mit meinem verlorenen Verstand. Wie lange habe ich ihn gesucht, überall, in jeder Ecke, in jedem

Winkel – und gefunden hab ich dann was ganz anderes: Nämlich, dass ich alles weiß! Daran hatte ich vorher noch nie gedacht!«

Irgendwie stimmt daran etwas nicht, dachte sich Ivi, aber irgendwie eben auch doch. Sie überlegte weiter – und da fiel ihr plötzlich der rosa Socken von vorhin ein. Alles Mögliche hatte sie gesucht, aber gefunden hatte sie stattdessen diesen Socken, obwohl sie an den überhaupt nicht gedacht hatte! Und wie sie dann den zweiten Socken finden wollte, hatte es schon nicht mehr geklappt!

»Und Sie meinen, nur so findet man überhaupt irgendetwas?«, fragte sie zögernd.

»Das meine ich nicht nur, das weiß ich«, bestätigte Frau Öttinger feierlich. »Und ich weiß alles, das musst du immer bedenken!«

»Dann sollten wir es vielleicht so versuchen«, beschloss Ivi.

»Gehen wir rein«, bekräftigte Frau Öttinger.

Ivi zog also das knallrote Band mit dem Schlüssel über ihren Kopf und steckte ihn ins Schloss. Doch bevor sie aufsperren konnte, hielt Frau Öttinger sie fest. »Halt! Du hast das Wichtigste vergessen, kleine Dame!«

»Was denn?«, fragte Ivi erstaunt.

Frau Öttinger seufzte. »Bevor du wieder zu suchen anfängst, musst du dir natürlich erst einmal überlegen, *was* du überhaupt suchen willst. Aber gar nicht finden willst, weil du in Wirklichkeit ja ganz etwas anderes finden willst. Verstehst du?«

Ivi dachte nach. Etwas suchen, was sie eigentlich gar nicht finden wollte? Was könnte das sein? All die verlorenen Sachen, die sie auf die Liste geschrieben hatte, wollte sie auf jeden Fall finden, die kamen also nicht in Frage. Und sie konnte doch nicht etwas suchen, von dem sie genau wusste, wo es war, oder?

»Mir fällt nichts ein«, musste sie schließlich zugeben. »So was Blödes! Was mache ich denn jetzt? Meine Eltern müssen bald heimkommen!«

Doch Frau Öttinger beruhigte sie. »Das kriegen wir schon. Weißt du was, kleine Dame? Es ist gut, dass ich da bin. Dann kann ich nämlich suchen.«

»Sie?« Ivi war sich etwas unsicher, ob es eine gute Idee war, Frau Öttinger hereinzulassen, damit sie überall rumstöbern konnte. »Aber Sie wissen doch gar nicht, was es bei uns alles gibt - was wollen Sie denn da suchen?«

Frau Öttinger zeigte selbstsicher auf Ivis Liste. »Das hier werde ich alles finden. Und suchen ...«, ihr Zeigefinger wanderte nach oben, »... suchen werde ich dich.«

»Mich? Aber ich bin doch hier!«, antwortete Ivi verblüfft.

Frau Öttinger kicherte. »Aber das ist doch wirklich das Allereinfachste, kleine Dame. Sagen wir einfach, wir spielen Verstecken. Du gehst in die Wohnung und versteckst dich irgendwo. Und ich – ich zähle bis dreißig, und dann suche ich dich, und beim Suchen werde ich all deine Sachen hier finden.« Sie schnippte schelmisch mit dem Finger gegen Ivis Liste. »Das geht ganz fix, du wirst sehen! Aber die Liste nimmst besser wieder du, damit ich nicht aus Versehen draufschaue.«

Das klang tatsächlich so einleuchtend, dass Ivi nichts dagegen zu sagen vermochte. Sie nickte nur stumm und steckte die Liste wieder in ihre Hosentasche. Bevor sie aufsperrte, wandte sie sich noch einmal nach Frau Öttinger um.

Die nickte Ivi verschwörerisch zu, dann drehte sie sich mit vorgehaltenen Händen zur Treppenhauswand und fing laut an zu zählen. So wie man es beim Versteckenspielen eben macht.

Ivi drehte also den Schlüssel am knallroten Band im Schloss herum und betrat die Wohnung. Inzwischen war es schon spät am Nachmittag und das Licht ziemlich dämmrig. Einen Moment überlegte sie, ob es wohl die Regeln der ›absolut todsicheren Suchmethode‹ verletzte, wenn sie für Frau Öttinger die Lichter einschaltete, entschied sich dann aber dafür. Es wäre doch zu dumm gewesen, wenn die alte Dame den Schalter nicht finden und im Dunkeln ihre verlorenen Sachen einfach übersehen würde!

»Fünfzehn … sechzehn … siebzehn …«, hörte Ivi vom Treppenhaus her. Sie musste sich also beeilen und ein gutes Versteck finden, damit Frau Öttinger sie nicht allzu schnell fand und bei der Suche auf möglichst viele von ihren Sachen treffen konnte!

Sie warf einen kurzen Blick in die Küche und zuckte ganz schnell wieder zurück: Was für ein Durcheinander! Hier konnte sie auf keinen Fall bleiben! Dasselbe galt für das Wohnzimmer und das Schlafzimmer ihrer Eltern. Sie konnte nur hoffen, dass Frau Öttinger wirklich so fix machen würde, wie sie versprochen hatte, und ihr noch genügend Zeit bleiben würde, alles wieder einigermaßen in Ordnung zu bringen!

»... zweiundzwanzig ... dreiundzwanzig ...«

Jetzt aber dalli! Ivi blieb keine Zeit zum Überlegen mehr. Sie stürzte in ihr Zimmer und vergrub sich in dem hoch aufgetürmten Haufen mit all ihren Sachen auf dem Bett, so tief, dass sie nicht einmal mehr hörte, wie Frau Öttinger zu Ende zählte.

Nun lag sie da zwischen ihren Kleidern und Spielsachen, so gründlich bedeckt, dass Frau Öttingers suchender Blick auf keinen Fall zu ihr durchdringen würde.

Halt, etwas fehlte noch. Sie streckte ihren Arm vorsichtig nach oben durch den Haufen und tastete umher. Es dauerte eine Weile, dann spürte sie die Tatze des Armen Bären. Vorsichtig zog sie ihn durch die ganzen Sachen zu sich herunter und drückte ihn fest an sich, ganz wie in alten Zeiten. Klar, eigentlich war sie schon zu alt für ein Stofftier, aber Gesellschaft braucht man nun mal. Außerdem konnte sie in ihrem Versteck sowieso niemand sehen.

Und dann wartete sie.

»... dreißig!«

Frau Öttinger nahm die Hände von den Augen, schob die Wohnungstür auf und ging hinein. Zunächst warf sie einen

ersten prüfenden Blick durch die Wohnzimmer- und die Küchentür. »Und da sagen die Leute im Haus, bei mir in der Wohnung sähe es aus wie im Saustall«, murmelte sie und kicherte leise.

Dann wollte sie anfangen, sich nach Ivi umzusehen.

Aber sie kam nicht weit.

Denn als sie sich Schritt für Schritt durch den Flur vorarbeitete, wanderten ihre Augen vom Schuhregal am Boden langsam nach oben – und plötzlich erblickte sie eine kleine, ziemlich lustig aussehende ältere Frau. Besonders lustig daran fand sie die Kopfbedeckung: Ein riesiger Cowboyhut mit Schaumstoffhörnern an beiden Seiten!

Frau Öttinger musste laut auflachen, als sie sich so im Spiegel sah. Was ist denn mit der Alten los, dachte sie, was will die denn mit so einem albernen Hut!

Und dann fiel es ihr ein.

Ja, genau!

Prompt machte Frau Öttinger auf dem Absatz kehrt, verließ schnurstracks die Wohnung und stapfte wieder die Treppe hinauf in ihre Wohnung, um nachzusehen, ob sie nicht etwa den Herd angelassen hatte.

Und da dies tatsächlich der Fall war, dachte sich Frau Öttinger, wenn der Herd schon so glühend heiß ist, setze ich mir doch gleich einen schönen Kaffee auf. Ivi und ihre verlorenen Sachen vergaß sie völlig.

Das kann bei einer Frau ohne Verstand schon mal vorkommen.

Ivi lag unter ihren Sachen und wartete, dass Frau Öttinger sie endlich finden würde.

Und sie war keineswegs beunruhigt, dass die alte Dame so lange nicht kam – im Gegenteil: Sie gratulierte sich selbst zu ihrem erstklassigen Versteck!

Je länger sie wartete, desto ruhiger wurde sie also, denn desto sicherer war sie sich, dass Frau Öttinger schon alles im Arm haben würde, wenn sie Ivi endlich fand: die Indianertasche, den Schiffstift, Papas Zehner, und alles andere auch. Immer ruhiger wurde sie – und immer müder. So schön dunkel und behaglich warm war es in dem Haufen auf ihrem Bett.

Sie könnte ja ein klein wenig wegdösen, bis Frau Öttinger sie fand, dache Ivi. Ein bisschen ausruhen nur. Schließlich musste sie ja nachher noch die ganze Wohnung aufräumen, das wird anstrengend.

Und das war dann auch das Letzte, was Ivi dachte, bevor sie einschlief, nicht wissend, dass sie schon längst niemand mehr suchte. Dass nun keiner mehr wusste, wo sie war, und sich auch keiner mehr darum kümmerte.

Dass sie in diesem Moment – selbst verloren gegangen war.

EINEINHALBTES KAPITEL

IN DEM FRAU ÖTTINGER ÜBERLEGT

Wollte ich nicht was tun?, dachte Frau Öttinger und goss sich eine Tasse frischgebrühten Kaffee aus ihrer blauen Emaillekanne ein.

War da nicht irgendwas?

Ach ja, sie wollte Zucker in den Kaffee tun. Sie schüttete zwei gehäufte Löffel in ihre Blümchentasse, rührte eifrig um und sah den Kaffeewirbeln beim Kreisen zu.

War da nicht noch irgendwas anderes? Sie überlegte.

Ach ja, ich wollte einen Schluck Kaffee trinken!

Sie hob die Tasse zum Mund, schlürfte laut, dann legte sie den Kopf zur Seite und überlegte wieder. War da nicht *noch* irgendwas anderes? Sie nahm noch einen zweiten Schluck Kaffee und starrte dabei auf ihren Küchentisch.

Plötzlich hellte sich ihre Miene auf.

Nein, aber da *ist* was!

Sie holte den nassen Schwamm aus der Spüle und begann, eifrig auf einen Fleck auf der Tischdecke einzuschrubben. Und dabei summte sie ein altes Lied: »Ein bisschen Goethe, ein bisschen Bonaparte, so soll er aussehen, der Mann, auf den ich warte ...«

ZWEITES KAPITEL

IN DEM VIEL GERUTSCHT, GESTOLPERT UND IM DUNKELN GETAPPT WIRD

Ivi erwachte und spürte den Fahrtwind in ihren Haaren.

Äh.

Fahrtwind?

Wieso Fahrtwind??

Aber genau so war es. Ein Fahrtwind wehte ihr die Haare nach hinten, und es fühlte sich so an, als würde sie eine spiralförmige Rutsche heruntersausen, so eine ganz steile mit vielen engen Kurven. Und zwar mit rasender Geschwindigkeit, als würde nichts sie bremsen.

Aber wirklich sicher wissen konnte Ivi das alles nicht – wo sie doch rein gar nichts sah!

Denn um sie herum war es stockfinster.

Aber während Ivi – hui hui hui – bergab schoss und langsam einen Drehwurm kriegte, kam ihr ein Gedanke: Eine spiralförmige Rutsche in stockfinsterer Dunkelheit runterrutschen, so ein Blödsinn. So etwas gibt es doch nur im Traum!

Und dieser Gedanke erleichterte Ivi sehr: Natürlich, in Wirklichkeit lag sie noch immer gemütlich auf ihrem Bett, in ihrem Sachenhaufen! Und *träumte* nur, sie sauste rasend schnell eine spiralförmige Rutsche herunter.

Eigentlich ganz spannend! Da hatte sie schon weit übler geträumt! Also einfach zurücklehnen und die lustige Rutschfahrt genießen. Sonst wachte sie am Ende noch auf!

»Aus der Bahn, Kartoffelschmarrn!«, rief Ivi übermütig und legte sich in die Kurven.

Bis die Rutsche unter ihr mit einem Mal verschwunden war!

Sie segelte ein paar Sekunden durch die Luft – dann fiel sie bauz! auf etwas, was wohl ein Boden sein musste. Aber wer kann sowas bei stockfinsterer Dunkelheit schon sicher sagen?

Aua, die Landung hatte wehgetan. Ivi rieb sich ihr Hinterteil.

Wehgetan?

Sie stutzte.

Tastete noch mal nach der Stelle.

Allerdings. Ihr Hintern tat weh. Da war sie sich sehr sicher.

So sicher, wie man einen Strumpf auszieht und sicher ist, dass darunter fünf Zehen am Fuß sind. Es tat weh!

Und das war schlecht.

Denn damit wurde Ivi etwas Schreckliches klar:

Sie träumte doch nicht!

In Träumen tat einem nämlich niemals der Po weh. Zumindest hatte sie das noch nicht erlebt. Ganz im Gegenteil. In Träumen fiel und stürzte und stolperte man und spürte überhaupt nichts. Das war ja das Schöne an Träumen.

Aber ... wenn das alles kein Traum war ...

Ivi spürte, wie sich bei dem Gedanken sachte ihre Nackenhaare aufstellten. Besser gar nicht weiterdenken!

Doch ihr Verstand tat es trotzdem. Er dachte: Wenn das kein Traum ist, dann muss das, was hier gerade passiert, Wirklichkeit sein. Dann war die Wirklichkeit nicht, dass Ivi in ihrem Bett unter ihrem großen Haufen begraben lag und schlafend darauf wartete, dass Frau Öttinger ihre verlorenen Sachen und irgendwann auch sie fand. Die Wirklichkeit war dann:

Sie saß irgendwo mutterseelenalleine in der Dunkelheit!

Und zwar in einer Dunkelheit, wie sie Ivi tatsächlich noch nie erlebt hatte, nicht einmal, wenn sie in ihrem Zimmer die Rollläden ganz herunterließ, so dass kein Lichtstrahl mehr durchschlüpfen konnte.

Ivi schloss die Augen und öffnete sie wieder. Beides gleich finster. Und weil sie nichts sehen konnte, wusste sie auch nicht, wo sie war. Oder was um sie *herum* war. Oder - ihr lief ein Schauer über den Rücken – *wer* um sie herum war!

Sie horchte angestrengt in die Dunkelheit. Es schien niemand da zu sein. Trotzdem rief sie zur Sicherheit zaghaft: »Halloooo, ist da wer?«

Keine Antwort.

Das war einerseits gut – wer traf schon gern im Dunklen auf einen Unbekannten?

Aber es war auch schlecht – denn jetzt konnte sie niemanden fragen, wo sie war oder was sie tun sollte.

Vielleicht aufstehen und ihre Umgebung erkunden? Aber am Ende stolperte sie noch und fiel in eine Grube oder stürzte

einen Abhang hinab, oder sie stieß sich an irgendwas das Schienbein, sowas konnte ziemlich wehtun!

Da spürte sie auf einmal einen schwachen Luftzug von oben, und im nächsten Moment traf sie etwas am Kopf.

»Auaa!«, entfuhr es Ivi.

Und »uaa-uaa-uaa« hörte sie noch, als sie längst schon wieder den Mund zuhatte. Ihre Stimme hallte hier noch viel länger nach als in der Bahnunterführung, wo sie und ihre Freundin Julie auf dem Heimweg vom Schwimmbad durchmussten und immer wie die Geister kreischten.

Ivi schluckte.

Sie liebte Gespenstergeschichten, aber langsam wurde es ihr doch etwas *zu* unheimlich.

Nervös zupfte sie an dem Ding herum, das gerade auf ihrem Kopf gelandet und von dort in ihren Schoß gefallen war. Es war weich, eine kleine Kugel, und diese Kugel hing an einer größeren Kugel, und an der wiederum hingen zwei Würstchen oben und unten auch zwei. »Komischer Sack ...«, murmelte sie vor sich hin. Alles fühlte sich irgendwie ziemlich abgewetzt an. Über die dicke Kugel war etwas Wolliges gezogen, und auf der kleineren Kugel steckte etwas, das sich anfühlte, wie ein .... wie ein Häkelmützchen ...!

Da wusste Ivi auf einmal, was oder besser *wer* das sein musste! »Armer Bär, das bist ja du!«, rief sie freudig. »Mein lieber Armer Bär!« Und sie drückte ihn fest an sich.

»Nicht so fest, du zerquetschst mich ja!«, krähte es aus dem Dunkeln.

Ivi erschrak und ließ das Ding fallen.

»He, pass doch auf!«, rief die Stimme. Kreischig und quengelig klang sie. Konnte das ihr lieber Armer Bär sein?

»Wer redet denn da?«, fragte Ivi völlig verdutzt. »Ist da jemand?«

»Ja! Ich, der ›komische Sack‹!«

»Jetzt habe ich auch den Verstand verloren«, murmelte Ivi. »Wie die Frau Öttinger.« Sie musste unfreiwillig lachen. »Ich rede ja schon mit mir selbst.«

»Keine Angst, deinen Verstand hast du schon noch«, entgegnete die Stimme frech. »Auch wenn's nicht viel ist, hihi!«

Ivi hob das Stofftier vorsichtig wieder auf.

»Hast du da etwa geredet, Armer Bär?«, flüsterte sie.

»Ist ja kein anderer da, soweit ich sehe zumindest.«

»Du hast recht. Sehen kann man hier nichts. Aber du kannst reden, das ist doch wunderbar! Das habe ich mir immer gewünscht!« Ivi drückte den Armen Bär vor Freude fest an sich.

»Loslassen, ich kriege ja keine Luft!«.

Ivi lockerte sofort ihre Umarmung, aber der Arme Bär japste noch eine Weile weiter, als wäre er eben fast erstickt.

»Oh, Entschuldigung«, sagte Ivi verdattert. »Ich wusste ja nicht, dass du auch Luft brauchst!«

»Tjaja, du weißt eben eine ganze Menge nicht.« Er atmete noch einmal ganz laut ein, dann schnaufte er wieder normal.

Ivi nahm den Armen Bär jetzt ganz zart in den Arm.

»So gut?«, fragte sie ihn. »Kriegst du so genug Luft?«

»Hm, ja, in Ordnung«, grummelte es an ihrer Schulter, aber es klang schon versöhnlicher.

Mit einem Mal war es Ivi gar nicht mehr so unheimlich. Zu zweit, das wusste sie aus allen Geschichten, zu zweit ist keine Gefahr mehr wirklich gefährlich. Zu zweit ist jede Gefahr ein Abenteuer!

»Sag mal«, fragte sie ihren neuen alten Gefährten, »was hast du denn gerade damit gemeint?«

»Womit?«

»Na, dass ich eine ganze Menge nicht weiß. Weißt *du* denn was?«

»Was denn?«

»Äh – warum es hier so dunkel ist zum Beispiel?«

»Nö.«

»Und wo wir hier überhaupt sind?«

»Nö.«

»Und warum du plötzlich reden und atmen und dich bewegen kannst wie ein richtiges Lebewesen?«

»Nö. Halt, nein, lass mich überlegen, das könnte ich wissen.« Es folgte eine längere Pause, in der der Arme Bär offenbar überlegte. Ivi wartete gespannt. »Nö, weiß ich auch nicht«, kam es dann, »ich hab's wohl vorher einfach noch nie probiert. Warum auch?«

Das fand Ivi nicht besonders nett. Natürlich hätte es tausend Gründe gegeben, es vorher schon einmal zu probieren! Wie schön das gewesen wäre, wenn sie sich immer so hätten unterhalten können!

Aber sie sagte lieber nichts dazu. Schließlich wollte sie es sich mit ihrem Abenteuergefährten nicht gleich wieder verderben.

»Auf jeden Fall finde ich es ganz prima, dass du nun reden kannst«, stellte sie fest. »Weißt du denn vielleicht wenigstens, was wir jetzt tun könnten?«

»Allerdings«, kam die überraschende Antwort.

Ivi war hocherfreut. »Und was könnten wir tun?«

»Na, ist doch klar wie dicke Tinte«, sagte der Arme Bär, »Wir spielen Fangen! Du bist es!«

Schon war der Arme Bär aus ihrem Schoß gehopst, und es klang, als wetzte er auf seinen kleinen Teddybärpfoten davon. »Fang mich doch, fang mich doch …«, kreischte er, und die Stimme entfernte sich immer weiter.

»Halt!«, rief Ivi ihm nach. »Ich kann dich doch gar nicht sehen!«

»Na, umso besser«, tönte es aus der Dunkelheit, bereits ziemlich weit weg, »dann spielen wir Fangen und gleichzeitig auch noch Verstecken!«

Ivi blieb nichts anderes übrig als mitzuspielen, wenn sie nicht allein im Dunkeln sitzen wollte. »Na gut, wenn's unbedingt sein muss. Also: Ich komme«, rief sie wenig begeistert, dann stand sie auf und ging vorsichtig los.

Ganz behutsam setzte sie einen Fuß nach vorne und tastete die Umgebung damit ab wie mit einem Stock. Erst wenn sie sicher war, dass da kein Loch und kein Hindernis lauerte, trat sie auf.

Das ging eine Weile ganz gut, allerdings kam sie so kaum vorwärts. Nachdem der Boden sich aber immer gleich eben und glatt anfühlte, wurde sie langsam mutiger und tappte einfach so drauflos, allerdings immer noch langsam und bedächtig.

Ein merkwürdiges Gefühl war das, so im Finsteren zu laufen und nicht zu sehen, wo man hinlief. Sie wusste nicht mal, wie weit sie schon gegangen war. Und ob es ein Fehler war, den Platz zu verlassen, an dem sie gelandet war. Zurückgefunden hätte sie jedenfalls auf gar keinen Fall mehr.

»Piep!«, machte es irgendwo in der Nähe. Und noch mal: »Piep, piep!« Und dann folgte ein triumphales Gekicher. »Du kriegst mich nicht! Du kriegst mich nicht! Du weißt nichts, du siehst nichts, du kriegst nichts! Hahaha!«

Langsam fand sie den Armen Bär ziemlich frech. Ein toller Freund war das! Und den hatte sie lieb gehabt, gefüttert und unermüdlich an- und ausgezogen, seit sie ein Jahr alt war. Wie man sich in einem Stofftier täuschen kann!

»O doch, ich krieg dich, und dann setzt's was, du kleiner Gemeiner!«, drohte sie ins Dunkel. Sie ging jetzt schneller, aber immer noch mit einem sehr mulmigen Gefühl. Tap, tap, tap! Das fühlte sich an wie ein glatter Holzboden und klang auch so.

»Piep, piep! Ich piepe die ganze Zeit, aber du findest mich trotzdem nicht!«, krähte der Arme Bär vergnügt. »Hihi, ich glaube fast, bei mir piept es!«

»Das glaube ich auch!«, gab Ivi grummelnd zurück. »Aber

warte nur, ich erwische dich schon noch, und dann hat es sich ausgepiept!«

Ivi war jetzt angestachelt. Immer schneller lief sie in die Piep-Richtung. Am Ende rannte sie schon fast. Sie dachte gar nicht mehr daran, dass sie über irgendetwas stolpern könnte, sie wollte nur noch diesen kleinen Schlingel fangen und ihn ordentlich durchkitzeln.

Was ein Fehler war.

Denn schon im nächsten, nein, eher im übernächsten Moment, als Ivi so richtig Fahrt aufgenommen hatte, tat der Boden unter ihren Füßen einen kurzen Ruck, und sie stolperte so dermaßen fürchterlich, dass sie fast noch länger durch die Luft flog als vorhin von der Rutschbahn. Und statt auf dem Hintern landete sie diesmal auf einem etwas weniger gut gepolsterten Körperteil. Nämlich auf der Nase.

Aber sie hatte nicht mal Zeit zum Aufschreien, denn plötzlich veränderte sich alles.

Zum einen war es um sie herum kein bisschen mehr still. Ein mächtiges Quietschen und Knirschen erhob sich aus allen Ecken des Raumes. Und was noch unheimlicher war: Der Raum selbst stand auch nicht mehr still. Erst zitterte er nur. Bald schon bebte er.

Und dann, während das Quietschen und Knirschen um Ivi immer lauter und immer dichter wurde, als säße sie in einer Lärmgewitterwolke, setzte sich der ganze Raum in Bewegung. Und sie sich mit!

Erst tat er nur einen weiteren kurzen Ruck, so dass Ivi, die immer noch auf dem Boden saß, nach hinten kippte.

Doch dann raste er auf einmal wie ein Schnellzug mit ihr davon. Ivi fiel auf den Rücken und machte einen doppelten Purzelbaum rückwärts. Vor Schreck schrie sie nun doch auf, aber inzwischen war der Lärm um sie herum so groß, dass sie sich selber gar nicht hörte.

Sie schrie trotzdem weiter, das half irgendwie gegen all diese Übermacht aus Dunkel und Lärm – bis ihr das Schreien im Hals steckenblieb: Denn hoch oben über ihr war da auf einmal ein schmaler Streifen Licht, der schnell zu einem großen, strahlend weißen Rechteck wuchs! Ein kompletter weißer Himmel mit Ecken wurde daraus! Der riesige dunkle Raum, in dem sie sich befand, hatte – jetzt keine Decke mehr!

Und dann passierte etwas so Merkwürdiges, dass Ivi sogar vergaß, ihre Augen zu schließen, obwohl das plötzliche Licht nach der langen Finsternis ganz schön wehtat.

Zuerst stellte sich der ganze Raum in einem Schwung auf den Kopf, so dass das große Lichtrechteck von einer Sekunde auf die andere nicht mehr über Ivi - sondern unten, weit unter ihr war.

Und als Nächstes wurde Ivi klar, dass sie sich genau in diese Richtung bewegte. Nach unten nämlich. Als hätte jemand den Raum wie eine Schachtel oder eine Schublade genommen, umgedreht und ausgeleert. Als wäre Ivi der Inhalt dieser Schublade, der gerade zu Boden fiel.

Und genauso war es.

WAAAAH!

PLUMPS.

BUMM.

Diesmal war Ivi wieder auf dem Hinterteil gelandet.

Und in einiger Entfernung machte es gleich noch einmal, wenn auch erheblich leiser:

waaah …

plumps.

bumm.

Aber schließlich schlug hier auch nur ein kleiner, abgewetzter Teddybär auf dem Boden auf.

Dafür war das anschließende Geplärre umso lauter: »Aua! Was war denn das jetzt? Wo bist du, Ivi? Hilf mir! Auf den Arm! Hoch, hoch! Tragen!«

DRITTES KAPITEL

IN DEM EINE MILLION DINGE EINE MILLION DINGE ZU TUN HABEN

Doch Ivi konnte dem Armen Bär nicht gleich zu Hilfe kommen. Nach der Dunkelheit zuvor war es hier so hell, dass sie erst einmal eine Weile nur dasaß und vor sich hin blinzelte.

Als sich ihre Augen langsam an das Licht gewöhnt hatten, blickte Ivi nach oben, von wo sie heruntergefallen war und sah, wie sich eine Riesenschublade mit einem lauten Knarzen schloss.

War sie da wirklich drin gewesen? Das war schon seltsam genug.

Aber nun sah Ivi sich um und stellte fest, dass sie sich inzwischen an einem noch viel seltsameren Ort befand.

Und vor allem einem volleren.

Dinge, Dinge und nochmals Dinge lagen hier herum. Von Horizont zu Horizont. Noch viel mehr Dinge als auf diesen gigantischen Müllhalden in Brasilien, im Fernsehen hatte sie so eine mal gesehen. Sie stapelten sich auf kleinen Haufen, auf größeren Hügeln, zwischendurch gab es richtige Berge, und auch die bestanden aus Dingen. Dazwischen waren Täler und Schneisen und Schluchten, aber *überall* lag *irgend*etwas. Nur, dass die Dinge nicht wie Müll aussahen und auch nicht so rochen, sondern eigentlich ganz neu oder zumindest noch brauchbar wirkten.

Wo war sie hier gelandet? Auf einer Müllhalde für Milliardäre? Die so viel haben, dass sie immer viel mehr kaufen, als sie brauchen, und den Rest einfach neu hinters Haus werfen?

Oder auf dem Überbleibsel-Haufen vom größten Flohmarkt der Welt? Oder war das vielleicht der Ort, wo die ganzen Sachen landen, die die Leute im Internet bestellen und dann doch nicht mögen und wieder zurückschicken?

»So viele Sachen hab ich noch nie gesehen«, flüsterte Ivi staunend. Sie wusste nicht so recht, warum sie flüsterte, sie war hier ja nicht in der Kirche, aber zur Sicherheit flüsterte sie lieber weiter: »Ich wusste gar nicht, dass es so viele Dinge überhaupt GIBT!«

Was Ivi hingegen nirgends sah, war eine Wand oder ein Ende des Raums, egal, wie sehr sie sich auch den Hals verrenkte.

So wie es aussah, ging das hier ewig weiter. Das Wort »unendlich«, fiel ihr ein, so wie der »unendliche Weltraum«. Wenn ihr Papa davon erzählte, war ihm diese Unendlichkeit offensichtlich immer ein bisschen unheimlich. Dass etwas nie aufhört!

Ivi konnte sich das auch nie so richtig vorstellen. Aber jetzt bekam sie langsam eine Ahnung davon, wie das aussehen könnte, dieses »unendlich«. Weil es hier anscheinend wirklich immer und immer so weiterging.

Nur oben schien es ein Ende zu geben. Von dort kam ein trübes Licht, und es gab eine Decke, die irgendwie wolkig aussah, aber ohne dass es eine Wolke gewesen wäre. Ab und zu taten sich ein paar Riesenschubladen auf wie die, in der Ivi gesessen hatte, manche nah, manche ganz weit weg, und aus ihnen purzelten weitere Dinge herab.

Sie selbst, stellte Ivi fest, stand auf einem kleineren Dingehügel, vielleicht so groß wie der Schlittenberg, den sie im Winter immer mit ihrem Poporutscher runterfuhr. Und was für ein Sammelsurium von Dingen das schon war! Ihr wurde gleich ganz schwindelig im Kopf. Ivi sah:

Hüte, Hämmer, Damenhandtaschen
Schirme, Stifte, Ledergamaschen
Socken, Schlüssel, Druckluftflaschen
Mützen, Buntstifte, Satteltaschen

Ketten, Kämme, Blasinstrumente
Fingerhandschuhe, Schminksortimente
Kleiderbügel, Medikamente
Mützen, Schals, eine Gummiente

Hausaufgabenhefte, Blümchengardinen
Fahrräder, Radios, Wachsapfelsinen
Sammlerstücke aus Glasvitrinen
Strümpfe, Bücher, Holzeisenbahnschienen

Vor lauter Dinge-Durcheinander reimte Ivi schon. Damit wenigstens ein bisschen Ordnung hineinkam. Aber das half nicht viel. Mit einem Mal fühlte sie sich ziemlich verloren.

Aber da fiel ihr zum Glück ein, dass sie hier ja nicht alleine gelandet war. Der Arme Bär musste irgendwo in der Nähe sein. Nur wo?!

»Armer Bär, wo bist du? Wink mal, ich kann dich nicht sehen!«, rief sie in die Richtung, in der sie ihr Stofftier vermutete. So sehr sie sich auch anstrengte, sie konnte ihren Abenteuergefährten einfach nicht entdecken.

Es dauerte eine Weile, dann sah sie eine kleine Gestalt, die auf einem der Nebenhügel munter auf und ab hüpfte und dabei winkte.

»Piep, piep! Hier ist das Mäuslein! Haha, du hast mich immer noch nicht gefangen! Fang mich doch, fang mich doch!«

Ihn scheint das alles nicht sonderlich zu beeindrucken, wunderte sich Ivi.

»Das ist doch verrückt hier, hast du schon mal so viele Sachen auf einem Haufen gesehen?«, rief sie ihm zu. Sie hatte jetzt wirklich anderes im Kopf als Fangen zu spielen. Der Arme Bär bog seine Pfote zu einer Art Flüstertüte, damit sie ihn aus der Ferne auch hören konnte: »Nö, hab ich noch nie gesehen. So viel liegt nicht mal unter deinem Bett, wo du immer alles drunterstopfst, wenn deine Mama und dein Papa sagen, du sollst aufräumen!«

Darauf antwortete Ivi nicht. Aber nicht, weil sie nicht über die Unordnung unter ihrem Bett sprechen wollte. Sondern weil ihr etwas aufgefallen war. Und das verstörte sie noch mehr als die schiere Masse der Dinge.

»Die … die …« Ivi konnte kaum weitersprechen. »Die Dinge

bewegen sich!«

Und das stimmte. Man sah es nicht sofort. Aber wenn man genauer aufpasste, merkte man: Alles wimmelte hier unablässig, wie ein Ameisenhaufen, nur mit Dingen statt Ameisen. Und die Dinge bewegten sich nicht einfach *irgendwie* - sie taten genau das, wozu sie bestimmt waren: Hämmer hämmerten, Kämme kämmten, Holzpantinen machten ihre Schritte, Damenhandtaschen und Blümchengardinen gingen auf und zu, Fahrräder rollten, Stifte schrieben, Schulhefte ließen Stifte in sich schreiben, Schirme spannten sich auf und zu. Das alles ergab so ein ungeheuerliches Gewusel, dass einem ganz schwindelig werden konnte. »Von wegen, ›Dinge tun gar nichts‹!«, schoss es Ivi durch den Kopf, »Das sollte Papa mal sehen!«

Auf einmal fing auch der Boden unter ihr an zu wackeln, und sie konnte sich nur mit Mühe und Not auf den Beinen halten. Sie sah nach unten: Unter ihren Füßen lag ein dicker Atlas, der verzweifelt versuchte, sich zu öffnen!

Sie sprang schnell herunter, woraufhin der Atlas die Buchdeckel aufschlug wie ein Pfau sein Rad. Das sorgte für einen ordentlichen Windstoß, und Ivi rieb sich fröstelnd die Oberarme. »Ich hätte mich wärmer anziehen sollen. Mir ist sssssoooo kalt.«

»Pah, ich wär froh, wenn mir mal kalt wäre«, rief der Arme Bär durch seine Megafonpfote. »Mir ist nämlich ziemlich warm, zum Aus-dem-Fell-Fahren warm! Du ziehst mich ja immer so dick an!«

Anklagend zupfte er an seiner kleinen roten Strickjacke, dem grünen Mützchen und dem gelben Häkelhöschen. »Wozu glaubst du wohl, dass ich ein Fell habe?«

»Entschuldige, ich hab's ja nur gut gemeint. Wer kann denn ahnen, dass es dir *wirklich* warm sein kann! Und außerdem siehst du so süß aus in deinen Anziehsachen.«

»Ich *bin* nicht süß!« Der Arme Bär verschränkte beleidigt seine kurzen Ärmchen vor der Brust. »Süß sein ist saublöd!«

Ivi fand, dass er so zornig ganz besonders süß aussah, aber das behielt sie lieber für sich.

»Ist schon gut, ich komme rüber und ziehe dir die Anziehsachen aus, wenn du das möchtest!«

»Möchte ich, o ja!«, rief er trotzig und nickte wichtig mit dem Kopf.

Ivi stolperte ihren Hügel hinunter zum Nachbarhügel, wo der Arme Bär jetzt wieder auf und ab hopste, damit sie ihn auch sehen konnte in all dem Gewusel.

Ganz vorsichtig setzte sie ihre Schritte, denn da gab es sicher Dinge, auf die man besser nicht drauftrat. Doch das ließ sich gar nicht so leicht vermeiden. Zwei Bürotacker schnappten im Vorbeigehen nach ihr, eine Teekanne goss beinahe heißen Tee auf ihren Fuß, und als sie an einem Fön vorbeikam, blies der ihr die Frisur so wild durcheinander, dass sie völlig zerzaust war. Deshalb wäre sie auch fast auf eine Brotmaschine getreten, deren Sägeblatt plötzlich mit lautem Motorgeräusch unter ihr aufheulte. Und ein paar Schritte weiter warf sie ein Scheibenwischer fast um, der vor sich hin wischte, als würde es in Strömen regnen.

»Hier drüben bin ich! Schneller, schneller!« Der Arme Bär hopste wieder hoch und winkte heftig.

Noch ein letzter großer Schritt, dann war sie beim Armen Bär oben auf seinem Dingehügel. Doch beim Aufsetzen trat sie ausgerechnet auf eine Trompete, die daraufhin lauthals loströtete und eine Fanfare nach der anderen schmetterte.

Vor Schreck schrie Ivi auf. Auch der Arme Bär kreischte los und sprang in Ivis Arme, wo er sich ganz klein machte.

Um sie herum – stand mit einem Schlag alles still.

»Schau nur! Als ob sie uns alle anstarren!«, flüsterte Ivi dem Armen Bär zu.

»Psst, die können uns hören!«, wisperte das Stofftier verschwörerisch.

Ja, dachte Ivi, die können uns sehen und hören, obwohl sie doch keine Augen und Ohren haben. Außerordentlich komisch ist das hier.

»Jetzt bewegen sie sich wieder«, flüsterte der Arme Bär.

Stimmt, allmählich nahmen die Dinge wieder ihre gewohnte Tätigkeit auf.

Allerdings nicht alle.

Einige Kleidungsstücke änderten nun ihre Richtung. Erst waren es nur ein paar tippelnde Strümpfe, eine Mütze rollte daher, eine Hose robbte näher. Aber es wurden schnell immer mehr.

»Als ob die zu uns wollen!«, flüsterte Ivi. Sie und der Arme Bär blieben stocksteif stehen. Und wohin hätten sie auch laufen sollen? Sie waren bereits von allen Seiten umzingelt.

Da kamen schon die ersten beiden Socken bei Ivi an – ein langer Kniestrumpf in Blau und ein breiter kurzer in Rot. Sie strichen um ihre Beine wie zwei Kätzchen, die um Futter betteln.

»Vielleicht müssen wir gar keine Angst haben«, meinte Ivi zum Armen Bär. »Schau mal, die zwei sind eigentlich ganz niedlich!«

Vorsichtig streckte sie ihre Hand aus, um die Socken zu streicheln – da machten die beiden urplötzlich einen Satz! Und wollten sich mir nix dir nix über Ivis linken Fuß stülpen! Beinahe wäre der Überraschungsangriff gelungen, denn Ivi zuckte zurück und hob für einen kurzen Moment ihr linkes Bein vom Boden. (Aber was heißt schon Boden? Ihr linker Fuß stand auf einem Straßenschild, ihr rechter auf einem Kinder-Reisekoffer mit Schottenkaromuster!)

Schon hingen die beiden Socken wie lästige Kläffer an Ivis Zeh. Sie wollten um jeden Preis auf diesen Fuß!

»Lasst mich in Ruhe, ihr seid mir sowieso viel zu groß!« rief Ivi.

Der Rote und der Blaue hielten einen Moment lang inne. Ivi wollte schon aufatmen.

Aber mit einem Mal knüllte sich die kleine rote Socke zusammen, federte von ihrem Fuß hoch und verpasste ihr den wahrscheinlich schlimmsten Socken-Kinnhaken der Weltgeschichte. Und der blaue lange Strumpf wickelte sich wild um ihr rechtes Schienbein und würgte es wie eine Schlange!

Das brachte Ivi aus dem Gleichgewicht, sie ruderte mit den

Armen und musste schließlich wieder ihr linkes Bein heben, um nicht zu stürzen. Dabei ließ sie den Armen Bär fallen, der sofort davonwetzte.

In der nächsten Sekunde hatte sich der blaue Strumpf schon über Ivis linken Fuß gestülpt und die rote Socke gleich hinterher. Gleichzeitig zog sich von oben eine gelbe Mütze bis über ihre Augen, und ein rosaroter Schal wickelte sich um Hals und Mund!

Ivi riss sich beides wieder herunter – doch nun kamen von allen Seiten die unterschiedlichsten Kleidungsstücke angekrochen: Schuhe wollten auf Ivis Füße. Pullover über ihren Kopf. Handschuhe – Fingerhandschuhe und Fäustlinge gleichermaßen – auf ihre Hände.

Ivi wehrte sich vergeblich: Wenn sie die Arme hob, um ihren Kopf zu schützen, schlüpfte schnell ein Pullover drüber. Wenn sie mit den Füßen nach einem Schuh trat, nutzte eine Socke die Gelegenheit. Wenn es ihr gelang, sich ein Kleidungsstück vom Leib zu reißen, wurde sie an anderer Stelle längst wieder von etwas anderem eingesackt. Weglaufen ging auch nicht – jeder Versuch endete bereits nach zwei Schritten: Nicht mit diesen medizinballgroßen Sockenkugelfüßen!

»Hört auf! Lasst mich ...!«, rief sie irgendwann verzweifelt – und prompt wurde ihr Mund von einer Frotteeunterhose verstopft, die Ivi wohl mit einer Schmutzwäschetonne verwechselte. Pfui Spinne! Ivi spie sie aus, so weit sie konnte. Die Unterhose landete in einem laufenden Küchenmixer und wurde in Fetzen zerhäckselt, die alle wieder zurückflogen und Ivi ins Gesicht klatschten.

Inzwischen war Ivi schon so dick und rund und unbeweglich wie ein Schneemann. (Wobei so ein Schneemann noch besser dran war, denn dem wurde sicher nicht so heiß wie ihr.) So ging das nicht weiter. Sie brauchte Hilfe. Sie rief so laut sie konnte nach ihrem einzigen Freund in dieser merkwürdigen Welt. Doch ihr Stofftier antwortete nicht.

Der Arme Bär hatte sich ein paar Meter weiter hinter einem großen blauen Topf versteckt und dem Treiben um Ivi zuerst mit einiger Schadenfreude zugesehen. »Haha!«, hatte er hinübergerufen. »Jetzt siehst du mal, wie es ist, wenn man ständig angezogen wird!«

Doch als das Durcheinander immer bedrohlichere Ausmaße und Ivi die Form eines Riesenknödels annahm, wurde auch ihm allmählich etwas mulmig. Am Ende kamen diese Klamotten noch auf die Idee, dass auch er ein paar zusätzliche Kleiderschichten brauchen könnte! Also kletterte er lieber ganz in sein Topfversteck hinein. Um noch unsichtbarer zu werden.

Ivi konnte mittlerweile nicht einmal mehr stehen. Sie hatte noch versucht, mit rudernden Armen das Gleichgewicht – und Ausschau nach ihrem Gefährten zu halten. Aber den dicken Fellfäustling sah sie trotzdem nicht kommen. Der boxte sie gegen die Stirn und warf sie endgültig um.

Nun lag Ivi auf dem Rücken wie ein Käfer, und trotz aller Anstrengung gelang es ihr nicht, sich wieder hochzurappeln.

Sie konnte gerade noch den Kopf heben, aber weil ihr die vielen Mützen alle ins Gesicht gerutscht waren, blieb ihr nur noch ein schmaler Sehschlitz zum Durchgucken.

Von weitem sah sie längst nicht mehr wie ein zehnjähriges Mädchen aus, sondern wie ein weicher Spielball für gigantische Riesenbabys. Fehlte nur noch, dass sie klingelte, wenn man sie anstupste.

Das klingt lustig – aber Ivi war gar nicht zum Lachen zumute. Wo blieb nur der Arme Bär …?

Ein blauer Topfdeckel kam des Wegs gerollt. Er kollerte ganz ungerührt über all die Dinge hinweg, die sich in seinem Weg befanden. Zum Beispiel auch über Ivi. Wie jeder Deckel war auch dieser hier auf der Suche nach seinem Topf.

Ha! Und da hatte er ihn gefunden! Mit einem entzückten Hopser segelte er wie ein Frisbee genau auf das Topfversteck des Armen Bären zu – und landete darauf mit einem begeisterten KLENGER-KLEG-TENG-TENG! »Ich hab meinen Topf gefunden!«, heißt das wohl auf Topfdecklisch, und der Deckel sprang gleich noch mal und noch mal und noch mal auf dem Topfrand auf und nieder: »Klenger-kleg-teng-teng! Klenger-kleg-teng-teng!« Der Arme Bär hielt sich mit den Pfoten die Ohren zu.

Dieses Getöse machte jetzt auch die Kleidungsstücke aufmerksam. Es wirkte, als lugten sie von ihrem Tummelplatz um Ivi herüber – obwohl sie gar keine Augen hatten. Der Arme Bär drückte sich noch tiefer in den Topf hinein, damit sie ihn nicht entdeckten. Irgendwann hatte sich der Deckel beruhigt und blieb ruhig auf dem Topf liegen.

Der Arme Bär schob ihn ein Stück zur Seite, lugte vorsichtig heraus – und sah voller Schrecken, dass sich die ersten Strümpfe schon auf die Socken machten.

»Nein, nein!«, rief er abwehrend und lachte dabei betont fröhlich, *zu* fröhlich: »Ich bin nur ein Stofftier! Seht, ich habe ein Fell und trage gar keine Kleidung! Brauch ich auch nicht, schaut nur alle her, Fuß mit Fell, Arm mit Fell, ganzer Bär mit Fell! Bärenfell, Bärenfell, hält besser warm noch als Flanell!«

Der Bär hielt sich für einen rechten Schlauberger! Immer übermütiger wurde er, während er seinen Reim rief und abwechselnd einen Fuß oder einen felligen Arm ins Freie hielt – wobei er immer schön darauf bedacht blieb, dass ja nichts von seinen Häkelklamotten zu sehen war.

Aber so leicht ließen die Kleider sich nicht austricksen. Sie bewegten sich jetzt vielleicht sogar noch ein bisschen schneller auf den blauen Topf zu: Socken und Schuhe hüpfend, Hemden und Pullover auf ihren Ärmeln laufend, Mützen kreiselnd – eine richtige Kleider-Karawane!

Der Bär sah es mit Grauen – und jetzt fiel ihm nur noch eins ein: Er tauchte blitzschnell in seinem Topf ab und schob über sich den Deckel zu. Dann rollte er sich ganz klein zusammen, hielt sich die Ohren zu und plärrte lauthals: »Geht nur alle weiter! Hier drin ist nichts zum Anziehen! Hier drin ist rein überhaupt nichts! Nicht mal ich bin da drin, haha!«

Ein giftgrüner Gartenhandschuh löste sich mit einem

Sprung aus der Menge. Er warf sich auf den Deckel und riss ihn mit einem entschlossenen Ruck herunter.

Da lag der Arme Bär in seiner ganzen angezogenen Pracht, mit seiner kleinen roten Strickjacke, dem grünen Mützchen und dem gelben Häkelhöschen. Von wegen nacktes Fell! Er schnalzte aus dem Topf wie eine Sprungfeder und wollte weglaufen – aber er kam nicht weit.

Das Stofftier machten die Kleider noch weit schneller rund als Ivi. Weil die Kleider obendrein viel zu groß für den Armen Bär waren, sah man von ihm schon bald rein gar nichts mehr.

Und die Kleidungsstücke, die getragen werden wollten, nahmen kein Ende! Ein rosa Nachthemd für ganz besonders dicke Damen gab ihm den Rest: Mit einem Hechtsprung wickelt es sich ganz um den Armen Bär und warf ihn aus dem Topf. Er kollerte los, auf einen steilen Abhang zu.

Durch ihre Sehschlitze sah Ivi nicht, wie ihr liebster Gefährte in seinen hundert Verkleidungen über die Kante rollte. Aber sie konnte ihn hören! »Iiiiiiiviiiiii! Ich kolll-olll-oll-oll-ere!!!!«

Dann war es still. Und der Arme Bär war verschwunden.

Ivi sank in ihrer Mumienverpackung zurück. »Wiedersehen, Armer Bär«, murmelte sie traurig. Und dann lag sie einfach so da und wartete.

Was konnte sie auch sonst tun? Sie war jetzt ein riesengroßes unbewegliches Stoffei, gefüllt mit einer Menschenüberraschung in diesem … verflitscht und verflutscht noch mal! *Wo war sie hier nur gelandet?*

VIERTES KAPITEL

IN DEM ENDLICH ETWAS VERSTAND IN DIE GESCHICHTE KOMMT

»Guten Tag, Kleiderpuppe. Du bist wohl neu hier, was?«

Ivi linste durch den Schlitz in ihrem Mützen-Kopfpanzer, konnte aber nicht erkennen, wer sie da angeredet hatte. »Wer ist da?«, fragte sie.

»Na ich. Neben dir«, antwortete die Stimme.

Mit viel Mühe drehte Ivi den Kopf zur Seite – und sah ein altes Kofferradio. So ein Kästchen mit Ausziehantenne und vielen Knöpfchen, an denen man drehen kann, und immer rauscht es. Aber das hier rauschte nicht. Es redete mit ihr!

Mit noch größerer Mühe hob Ivi ihren Arm. Er war ja vor lauter Kleidung so dick wie ein Elefantenfuß. Sie wollte den Kasten ein wenig zu sich herdrehen, um besser hören zu können, was er sagte. Aber mit all den Handschuhen waren ihre Hände dick wie Wärmflaschen, sie kriegte ihn nicht richtig zu fassen. Stattdessen wurde daraus nur ein Stups, von dem der Kasten fast umgekippt wäre. »Uff!«, schnappte die Stimme.

»Äh, Entschuldigung … hast du gerade geredet?«, fragte Ivi zaghaft.

»Ach du liebes Rädchen! Für eine Kleiderpuppe bist du ganz schön rüde!« Die Stimme aus dem Radio klang nach alter Frau. Und nach Tadel.

»Ich bin doch keine Kleiderpuppe!«, sagte Ivi verwundert. Merkwürdig war das, sich mit einem Radio zu unterhalten. Und noch merkwürdiger, dass es redete wie eine ältere Frau. Irgendwie kam Ivi diese Stimme bekannt vor ...

»Was sollst du denn sonst sein?«, fragte das Radio. »Siehst aus wie eine Kleiderpuppe, bist voller Kleider wie eine Kleiderpuppe – eine besonders beliebte sogar – und da willst du sagen, dass du keine Kleiderpuppe bist? Das widerspricht doch jeder Vernunft.«

»Ich bin keine Kleiderpuppe, und ich sehe auch nicht aus wie eine. Kleiderpuppen sehen höchstens aus wie ich. Ich bin nämlich ein Mensch!«

»Ein Mensch?!« Das Radio kreischte erschrocken auf. »Ach du liebes Rädchen! Hast du gesagt, ›ein Mensch‹?«

Diese Keiferei gefiel Ivi gar nicht. »Ja! Ein Mädchen, genau gesagt!«

Darauf blieb das Radio erst einmal stumm.

»Jetzt hat es dir wohl die Sprache verschlagen«, sagte Ivi.

»Sei still, ich muss überlegen«, erwiderte das Radio. »Hm. Kann es sein, dass es sich bei dir um so einen Fall handelt wie bei dem Quirl hier?«

»Dem Quirl hier?«

Ivi drehte unter großen Mühen den Kopf zur anderen Seite. Rechts von ihr: nur ein Regenschirm, eine alte Reisetasche, eine billige Perlenkette und eine angebrochene Tube Gesichtscreme. Ivi drehte den Kopf also wieder mühsam zurück nach links, und da war er: Ein grün-weißer Küchenquirl aus Plastik, wie ihre Mutter ihn auch hatte. An dem erst mal gar nichts auffällig war, er lag nur da.

»Und um was für einen Fall handelt es sich bei dem Quirl hier?«, fragte Ivi das Radio.

»Es handelt sich um einen Fall von Nicht-alle-Tassen-im-Schrank-Haben, wenn du weißt, was ich meine. Oder wie ihr jungen Leute heutzutage immer sagt: ›Ein Fall von Eine-Meise-unterm-Pony-Haben.‹«

»Das habe ich sicher noch nie gesagt!«, protestierte Ivi. »Außerdem bin ich nicht verrückt. Ich weiß genau, wer ich bin!«

»Das würde der Quirl sicher auch sagen«, entgegnete das Radio ungerührt.

»Was würde er denn sagen, dass er ist?«, fragte Ivi.

»Tztztz. Du bist ja doch ein wenig einfältig, selbst für eine Kleiderpuppe.« Das Radio seufzte. »Selbstverständlich gar nichts, er ist ja ein Quirl. Aber man kann es nur zu deutlich an seinem Verhalten ablesen: Der Quirl hält sich für ein Motorflugzeug!«

»Wie kommt er denn darauf?«, fragte Ivi verwundert.

»Er denkt wohl, seine Rührstäbe sind Propeller. Wahrscheinlich will er einfach was Besseres sein als etwas, das nichts weiter kann als sich mit Eiern, Milch und Mehl vollzusauen. Hach, kann man irgendwo verstehen«, setzte das Radio gönnerhaft hinzu. »Du willst ja auch keine Kleiderpuppe sein. Kann man irgendwo auch verstehen …«

»Stimmt, davon habe ich schon gehört«, unterbrach Ivi. »Das gibt es. Manche bilden sich ein, sie sind jemand ganz anderes. Einer glaubt, er ist Napoleon oder der Bürgermeister oder Superman und springt vom Dach. Und dann stellt er fest, dass er sich geirrt hat und gar nicht fliegen kann. Das ist dann blöd für ihn.«

»Ja, das ist der Unterschied zu hier. *Hier* kann der Quirl tatsächlich fliegen«, gab das Radio triumphierend zurück. Und fügte hinzu: »Was ich persönlich allerdings äußerst bedenklich finde.«

»Was sagst du da?« Ivi wurde jetzt hellhörig. »Er *kann* fliegen? Ganz in echt und in Wirklichkeit?«

»Aber unbedingt«, bekräftigte das Radio. »Ich erzähle doch keine Unwahrheiten. Das Radio sagt immer die Wahrheit!«

Das brachte Ivi auf eine Idee. Vielleicht nicht gleich die allerbeste, aber den Versuch war es wert.

Sie streckte ihre dicke Handschuhhand nach dem Quirl aus, aber er war viel zu weit weg.

»Ich komm nicht hin«, sagte Ivi verzweifelt.

»Wozu auch. Dieses Ding ist ein ziemlich misslauniger Bursche, verbittert und obendrein noch nachtragend. Davon kann ich nur abraten.«

Aber Ivi dachte nicht daran. Sie probierte es jetzt anders. Sie ließ sich ein Stück zur Seite kippen, ruderte sich mit den Armen ein wenig Schwung herbei und begann zu rollen. Sie drehte sich einmal um die eigene Achse und dann noch mal. Jetzt lag sie genau neben dem Quirl.

Sie versuchte, den Griff in die Hand zu nehmen, aber das war gar nicht so einfach. Sie musste fest quetschen und drücken, bis sie durch die Öffnung passte. Als es ihr endlich gelungen war und sie den Quirl in der Hand hielt, schaltete der sofort seinen Motor ein und ließ seine Rührstäbe aufbrummen. Das klang bedrohlich, wie Zähnefletschen!

»Sei nicht böse«, sagte Ivi betont sanft. »Ich weiß, wie das ist, wenn einen alle falsch verstehen. Für mich bist du nicht nur ein Küchengerät. Für mich bist du ein wunderschönes Motorflugzeug. Zeig mir doch einmal, wie gut du fliegen kannst!«

Darauf senkte der Quirl sein Brummen auf niedrigste Rührstufe, als müsse er nachdenken. Doch dann dröhnte er plötzlich laut und zustimmend auf! Er schaltete hoch auf maximale, ohrenbetäubende Turbostufe, es klang fast wie ein Motorflugzeug.

Ivis dicke Handschuhhand hielt den Griff fest umklammert, der Quirl quirlte und quirlte und röhrte und röhrte - bis er tatsächlich abhob! Und zwar mitsamt der dicken Ivi-Kleiderkugel! Bald schwebte sie mindestens in 3-Meter-Brett-Höhe über den Dingen!

»Wir fliegen! Hurra, wir fliegen! Sieh nur, Radio, ich fliege!«, schrie Ivi aufgeregt dem Kasten zu.

»Jajaja, schon gut, du vorlautes Ding.« Das Radio teilte Ivis Begeisterung gar nicht. »Du magst es ja erfrischend finden, ich hingegen finde das geradezu gefährlich. Fliegende Kleiderpuppen, wo kommen wir denn da hin?! Schuster bleib bei deinen Leisten, sag ich immer!«

Doch Ivi hielt sich nicht länger mit den Einwänden des Radios auf. Es gab jetzt anderes zu tun. Sie drückte ihren Kopf gegen den Arm, mit dem sie am Quirl hing, und schob den Mützenturm ein Stück nach hinten, um ein freies Blickfeld zu bekommen.

So hielt sie Ausschau nach dem Armen Bär, aber sie konnte ihn nirgends entdecken. Das Kleiderknäuel musste weiter gerollt sein, als sie gedacht hatte. Oder war es vielleicht in eine Spalte gekollert und steckte fest?

Ivi sah sich um. Der Quirl drehte einige weite Schleifen, aber links, rechts, vorne, hinten, überall sah es gleich aus. Dinge über Dinge, so weit das Auge reichte. Schließlich flog das Küchengerät wieder ein wenig tiefer und tuckerte direkt über dem Radio gemütlich im Kreis herum. Zum Glück war Ivi eine geübte Karussellfahrerin, sonst hätte sie den Drehwurm gekriegt!

»Wo geht's denn hier lang?«, rief sie hinunter.

»Wo möchtest du denn hin?«, rief das Radio zurück.

»Wieder nach Hause! Wo muss ich da hin? Eher links oder eher rechts?«

»Du meine Güte, woher soll ich denn das wissen? Ich war hier noch nie woanders. Viel zu gefährlich. Außerdem, siehst du Füße an mir dran?«, moserte das Radio schlechtgelaunt vor sich hin.

»Was?«, schrie Ivi über den Motorenlärm. »Ich versteh dich so schlecht!« Und dann zum Quirl: »Kannst du mal

etwas runtergehen, damit wir uns besser unterhalten können, Captain?«

Das schmeichelte dem Quirl in seiner Berufsehre. Er schaltete zwei Stufen herunter, setzte nun in weitem Bogen zum Sinkflug an und blieb schließlich in der Luft stehen, wie ein kleiner, friedlich brummender Hubschrauber. Und zwar so, dass seine riesige Stoffei-Luftfracht mit Ivi-Inhalt genau gegenüber dem Radio baumelte.

»Hast du gesagt, du hast keine Füße?«, setzte Ivi nun das Gespräch mit dem Radio fort. »Warum machst du's nicht wie der Quirl und bildest dir einfach ein, dass du Füße hast? Oder besser gleich Flügel? Dann könntest du auch fliegen!«

»Ach, du hast überhaupt nichts verstanden. So leicht geht das nicht. Man kann nicht einfach so tun, als würde man sich für etwas halten. Man muss das wirklich glauben. Und ich bin ja nicht verrückt. Ich weiß genau, was ich bin.«

»Ja, ein Radio«, sagte Ivi.

»Ach was, nein!«, antwortete das Radio unwillig. »Ich bin doch eben kein Radio!«

»Ja wie, was bist du denn dann?«, wunderte sich Ivi.

»Ich heiße eigentlich Öttinger …«, begann das Radio.

»Öttinger?« Ivi lachte auf. »So ein Zufall, genau wie die Frau, die in der Wohnung über uns wohnt!«

»… genauer gesagt: Ich bin der Verstand dieser Frau Öttinger. Also *bin* ich im Grunde Frau Öttinger. Denn was wäre ein Mensch ohne seinen Verstand? Folglich bin ich die eigentliche Frau Öttinger.«

»*Du* bist der Verstand von Frau Öttinger? Von dem alle sagen, dass sie ihn verloren hat?«

»Genau der. Und du kennst die Dame?«

»Ich hab sie vorhin erst gesehen!« Deshalb war ihr die Stimme so bekannt vorgekommen. Ivi hätte gern vor Verwunderung den Kopf geschüttelt, aber wegen der vielen Schals um ihren Hals ging das nicht.

»Ha.« Das Radio lachte auf. »Und? Sicher hat sie irgendeinen Blödsinn angestellt.«

Ivi zögerte. »Na ja ... irgendwie hat es sich gar nicht wie Blödsinn angehört. Sie wollte mich suchen und dabei die ganzen Sachen finden, die ich verloren habe. Dann bin ich eingeschlafen, und aufgewacht bin ich dann komischerweise hier.«

»Ach du liebes Rädchen.« Das Radio stöhnte auf. »Ich gratuliere, Frau Öttinger. Erst geht ihr der eigene Verstand verloren und jetzt auch noch du armes Ding hier. Was mir endgültig beweist, dass du eine Kleiderpuppe bist, denn bei einem Menschen ginge das gar nicht.«

»Was geht bei einem Menschen nicht?«, fragte Ivi.

»Dass er so wenig aufpasst. Normalerweise passt der Mensch nämlich immer auf. Sogar wenn er schläft, passt etwas an ihm auf, das ist noch so eine Sache aus der Steinzeit. Damit ihn die wilden Tiere nicht holen oder sowas in der Art.«

»Aber ich bin ein Mensch, ich hab auch einen Namen!«, protestierte Ivi.

»So? Wie heißt du denn?«

»Ich? Äh, Yvonne, aber du kannst Ivi zu mir sagen, wie alle anderen.«

»Gute Güte, bist du eben eine Kleiderpuppe mit Namen. Die Menschen sind ja so rührselig, allem müssen sie einen Namen geben. Aber wenn sie schon ihr Auto ›Schnuffel‹ nennen, warum dann nicht auch ihre Kleiderpuppe ›Ivi‹. Und als solche hast du dich eben auf die Frau Öttinger verlassen und nicht mehr gut aufgepasst. Und dann bist du wahrscheinlich in eine Weiche Stelle geraten.«

»Eine ›Weiche Stelle‹?« Frau Öttinger mit oder ohne Verstand, viel Unterschied machte das bis jetzt nicht, fand Ivi. Beide redeten außerordentlich komisches Zeug daher. »Meinst du eine weiche Stelle wie bei einer alten Birne?«

»Du weißt nicht mal, was Weiche Stellen sind?« Das Radio seufzte schon wieder. »Also, was bringen sie euch Kleiderpuppen denn überhaupt bei …«

»Ich *bin* keine Kleiderpuppe!«, rief Ivi verzweifelt. Dabei riss sie vor Aufregung an dem Quirl. Der verlor daraufhin das Gleichgewicht und legte mit Ivi eine röhrende Bruchlandung hin. Sie plumpsten direkt vor dem Radio zu Boden. Bei dem Sturz rutschte der Quirl von Ivis Handschuhhand. Sofort erhob er sich tuckernd wieder, sein Motorengeräusch klang beleidigt. Er konnte sich nur noch im Stotterflug weiterbewegen, der Transport der schweren Last hatte ihn ziemlich mitgenommen – aber das reichte, um mit einem scheppernden Aufröhren hinter dem nächsten Dingehügel zu verschwinden.

Weg war der Quirl. Ivis einzig möglicher Retter. Jetzt lag sie wieder wie ein hilfloser Käfer auf dem Rücken und konnte nichts weiter tun als – reden. Sie seufzte. »Erklär mir doch bitte das mit diesen weichen Dingsis!«, bat sie kleinlaut.

»Die Weichen *Stellen*. Also.« Das Radio musste sich sammeln. »Dann gib mal acht. Überall auf der Welt, auf jeder Straße, in jedem Zimmer, gibt es weiche, durchlässige Stellen. Die Menschen, die an solchen Stellen wohnen, erfahren davon aber nie etwas. Kannst du dir einen Teich vorstellen, ja? Wenn alles ruhig ist, sieht das Wasser aus wie eine glatte, harte Fläche, wie ein Spiegel. Aber wenn du nun den Finger hineinhältst, was ist dann? Genau: Du merkst, dass das Wasser in Wirklichkeit weich und durchlässig ist und Wellen schlagen kann. Stimmt doch, oder?«

»Ja.« Ivi nickte zögernd.

»Nun gut, du stellst dir also den Teich vor, ja? Und bei den Weichen Stellen in unserer Welt ist es genau umgekehrt: Sobald man sie berührt oder auch nur hinschaut, sind es harte und glatte und undurchlässige Flächen, Wände und Straßen und Mauern und so weiter. Aber wenn alles ruhig ist und niemand aufpasst, dann sind sie weich und durchlässig. Und alles, was nicht aufpasst, geht in das Reich über, das hinter diesen Stellen liegt.«

»In was für ein Reich denn?«, fragte Ivi verdutzt.

»Na, das Reich der verlorenen Dinge. Da, wo du jetzt gelandet bist, du Dummerliese.«

»Du meinst also, in meinem Zimmer zu Hause ist auch so eine Weiche Stelle?«

»Eine ziemlich große sogar.«, bestätigte das Radio. »Sonst hättest du da gar nicht durchgepasst. Gewöhnlich sind die Stellen eher kleiner, was erklärt, warum eher kleine Dinge verloren gehen als große. Aber wer weiß, vielleicht zieht deine Weiche Stelle sich sogar bis zum Stockwerk darüber? Denn ich weiß ganz sicher, dass die Frau Öttinger mich auch zu Hause verloren hat!«

Das ist ja unerhört, dachte Ivi. In ihrem Zimmer war also eine riesige Weiche Stelle! Darum gingen ihr immer so viele Sachen verloren. Nichts mit »Verlegen« oder »Verschlampen«, nein, die Sachen *gingen* tatsächlich *verloren*, so wie sie immer gedacht hatte. Sie verschwanden einfach durch die Weichen Stellen. Also konnte sie tatsächlich gar nichts dafür. Das musste sie gleich ihrem Papa erzählen. Damit er sich nicht mehr so aufregte, wenn sie etwas nicht finden konnte.

Aber dann fiel Ivi ein, dass das ja gar nicht ging. Dass sie ihren Vater nicht einmal anrufen konnte – weil sie selbst verloren war! Wäre sie nicht schon am Boden gelegen, hätte sie sich jetzt vor Verzweiflung hingelegt.

Trotzdem, so ganz hatte sie die Sache noch nicht verstanden, deshalb fragte sie nach: »Und du sagst, dass ich verloren gegangen bin, weil ich mich so auf die Frau Öttinger verlassen habe?«

»Naja, genau deshalb gehen ja auch die Dinge verloren«, bestätigte das Radio, in dem Frau Öttingers Verstand wohnte. »Oder warum, meinst du, liegen in der normalen Welt die Dinge nur herum und warten, und hier tun sie alles, was die Menschen sonst mit ihnen machen, auf einmal selber?«

»Weil sie sich immer auf die Menschen verlassen haben, und jetzt sind keine Menschen da?«

»Genau.«

»Aber«, überlegte Ivi, »jetzt bin doch ich da. Und ich *bin* ein Mensch!«

Doch statt einer Antwort kam aus dem Lautsprecher ein ausgedehntes Gähnen. »Na, das bezweifle ich ja noch immer. Und jetzt wäre es sehr zuvorkommend, wenn du eine Weile deine Fragen für dich behalten und auch sonst keinen Unsinn anstellen könntest. Ich bin das lange Reden nicht mehr gewöhnt und sehr erschöpft.«

Wenige Augenblicke später hörte man aus dem Radio leises Schnarchen. Schließlich war Frau Öttingers Verstand ja auch nicht mehr der Jüngste.

VIEREINHALBTES KAPITEL

IN DEM FRAU ÖTTINGER WIEDER GAR NICHT UNTÄTIG IST

Der Fleck, der Fleck, summte Frau Öttinger und wischte vergnügt immer weiter an dem Fleck auf ihrer Küchentischdecke herum. Der Fleck, der geht nicht weg!

Dieser Reim bereitete ihr sehr viel Freude, und noch schöner wurde es, als sie darauf kam, dass es sich ja auch noch weiterreimen ließ:

Der Fleck auf der Tischdeck
Der findet kein Versteck
Sitzt in der Mitte
Nicht im Eck
Ach, geh doch bitte
Weg, du Fleck
Du Fleckendreck

Aber weil das alles gegen den Fleck überhaupt nichts helfen wollte, reimte sie dann irgendwann:

Na gut, dann bleib, du Dreck
Und ich geh weg!
Ich hab nämlich was vor …

Genau, sagte sie sich, vor hatte sie was, sie kam nur nicht drauf: Vor, vor …

Also ging sie einfach noch mal vor die Tür.

FÜNFTES KAPITEL

IN DEM MIT KRAWALL EIN AUSFLUG ÜBER DEN PLATTENSEE BEGINNT

»Keinen Unsinn anstellen.« Pfffff! dachte Ivi. Das Frau-Öttinger-Radio hat ja keine Ahnung. Ich liege hier auf dem Rücken und kann mich nicht mal bewegen!

So ist das also, wenn man verloren geht, dachte sie weiter. Erst rutscht man, dann fällt man runter, und ganz unten stürzt sich ein Haufen Klamotten auf einen, bis man aussieht wie ein Schneemann. Nur dass man vor Hitze nicht schmilzt, sondern nur schwitzt.

Noch dazu spürte sie, dass sie die ganzen Kleidungsstücke nicht nur einfach »an hatte« wie üblich, sondern dass die Pullover und Hemden und Hosen und Socken und Mützen sich richtiggehend an ihr festsogen.

»Das ist doch wirklich zu dumm!«, sagte Ivi laut. In diesem blöden Reich der verlorenen Dinge, dachte sie, können alle machen, was sie wollen: Quirle fliegen wie die Motorflugzeuge, Radios reden wie Frau Öttinger – nur ich kann gar nichts! Wo ich doch der Mensch hier bin!

Ich kann nicht mal aufstehen.

Und unter ihr zirpte und raschelte es außerordentlich verdächtig: Die Kleidungsstücke waren nicht die einzigen Dinge, die benutzt werden wollten: Eine Zahnbürste neben Ivis Kopf wollte gerade mit schabenden Borsten auf ihre Backe klettern, ein Fahrradschlüssel sperrte völlig blödsinnig an ihrem Nasenloch herum, und ein Löffel wollte ihr offenbar etwas ins Ohr löffeln (hatte aber zum Glück nichts zu löffeln).

Ivi schüttelte heftig und ausdauernd den Kopf, und die Dinge purzelten herunter. Sie meinten es alle nicht böse, das merkte sie – aber dieses Kleinzeug im Gesicht nervte fürchterlich!

So ging das nicht weiter! Sie musste aufstehen!

Doch in ihrem Kugelmumienzustand schaffte Ivi es gerade mal, Kopf und Schultern ein kleines Stück zu heben – und schon sackte sie wieder erschöpft zurück.

Sie musste an die Krankengymnastik letztes Jahr denken. Angeblich hatte sie nämlich eine »schlechte Haltung«. Ivi wusste nicht so genau, was das sein sollte. Wenn man halt so sitzt und steht – offenbar war das dann eine schlechte Haltung. Fanden zumindest ihre Eltern.

Sie musste also diese furchtbar langweiligen Übungen machen, die anstrengend und kein bisschen lustig waren. Auch wenn Frau Simon, die sie mit ihr machte, eigentlich ganz nett war. Sie feuerte Ivi immer an, als wären sie bei Olympia, obwohl sie doch nur mit ihren Fingerspitzen die Zehen berühren sollte: »Los Ivi! Du schaffst es! Ja, streng dich an! Noch ein Stück, und noch ein kleines Stückchen! Gleich hast du's geschafft! Ivi! Ivi! Ivi! Ja, der Wahnsinn! Das hast du ja sooo toll gemacht!« Ivi musste immer fast lachen, aber sie wollte Frau Simon auch nicht kränken.

Frau Simon gab den Übungen auch immer so lustige Namen

wie »die verrückte Standuhr«, »die kuschelige Babykatze« oder »Stampfi der Elefantentritt«. Was für Ivi aber nichts daran änderte, dass es blöde Folterübungen waren.

Eine davon fiel ihr jetzt wieder ein, »die flotte Wippe«. Ivi musste dabei mit viel Schwung aus dem Liegen auf die Füße kommen …

He, vielleicht war das die Lösung?

Am Ende war diese dumme Krankengymnastik doch noch zu etwas gut!

Ivi zog also die Beine an, so gut es mit ihrer Kleiderwampe ging, hielt sich mit den Händen an ihren Knien fest und machte sich ganz rund. »Rund und rund macht den Rücken gesund«, hatte Frau Simon immer gesagt. Dann rollte sie wie eine Wippe nach hinten und ganz schnell nach vorne, um anschließend mit viel Schwung auf die Beine zu springen.

Zuerst schaffte Ivi es kaum, mit den Füßen den Boden zu berühren. Sie sackte aus der »flotten Wippe« wieder zurück in eine Position, der sie den Namen »Der lustige Käfer wird gleich gefressen« gab.

Ivi drehte mühsam den Kopf zur Seite, um sich umzusehen. Sie brauchte etwas, an dem sie sich festhalten konnte. Aber in Griffweite waren nur lose Zappel- und Wuseldinge. Da erspähte sie einen Elektrostecker, der an seinem Kabel aus einem Haufen heraushing. Mit etwas Glück konnte sie sich daran hochziehen. Sie musste ihn nur irgendwie erreichen.

Ivi nahm also wieder Schwung. Und da Frau Simon nicht zur Hand war, übernahm sie selbst das olympische Anfeuern:

»Schnapp ihn dir! Hol dir die Goldmedaille, Ivi! Du bist die Beste! Die Allerbeste! Go, Ivi, Go!«

O Mann, hoffentlich hatte das Frau-Öttinger-Radio recht und es gab in diesem komischen Reich wirklich keine anderen Menschen! Wenn sie jetzt jemand beobachtete!

Sie schnellte also wieder hoch, machte die dicken Stoffelefantenarme ganz lang und hätte vor lauter Schwung beinahe einen Purzelbaum nach vorne gemacht, wippte dann doch wieder zurück – erwischte aber im letzten Moment mit der Handschuhhand noch den Stecker!

Das Kabel gab ein wenig nach, Ivi sackte ein Stück nach hinten – aber dann hing der Stecker fest, und das Kabel straffte sich. Ivi nahm jetzt auch noch die andere Hand dazu, und dann zog sie sich daran mit aller Kraft hoch in den Stand.

»Uff. Aufgestanden!«, keuchte Ivi. »Ich hab gewonnen! Ja! Goldmedaille!«

Sie riss jubelnd die Arme hoch - so gut das eben ging – und mit diesem letzten Ruck schnalzte auf einmal das Ding am anderen Ende des Kabels aus dem Haufen: Ein Bügeleisen!

Und nun geschah etwas völlig Unerwartetes. Beim Anblick des Bügeleisens flüchteten die Kleider von Ivis Körper.

Die Handschuhe, die Ärmel, die Socken, die Hosenbeine schälten sich in wilder Hast von Ivi herunter, dass es sie umherschleuderte wie eine Kugel im Flipperautomaten. Die Hemden rissen reihenweise die Knöpfe ab und flatterten davon wie ein Schwarm Gespenster. Drei, vier, fünf Pullover stülpten sich gleichzeitig über Ivis Kopf, dass es ihr die Nasenspitze Richtung Stirn drückte. Und im Inneren der Pullover verfing sich auch noch der ganze Turm der Mützen und Schals. Sie hatten es zu eilig, um den Abzug der Pullover abzuwarten.

Das Bügeleisen fand das alles ganz großartig. Es machte einen wahren Luftsprung, setzte den Kleidern hinterher und bügelte alles nieder, was Stoff war.

Wenig später war Ivi von dem Spuk befreit und hatte wieder nur ihre eigenen Kleider an. Puh! Sie atmete tief durch und wischte sich den Schweiß von der Stirn.

Schon komisch, jetzt hat mich ausgerechnet ein Bügeleisen gerettet, dachte sie, während sie zusah, wie es einen besonders zudringlichen rosa Prinzessinnen-Socken plättete und dabei freudig mit dem Kabel wedelte. Zuhause galt das Bügeleisen nämlich als ganz schlechter Umgang für Ivi. Weil sie einmal damit ein Loch in eine Wachstuchtischdecke gebrannt hatte. »Das ganze Haus hättest du damit abfackeln können«, hatte ihr Papa geschimpft!

Dabei machte dieses hier einen so fröhlichen und zutraulichen Eindruck. Fast wie ein Hund, fand Ivi.

Ein Hund! Das brachte sie auf eine Idee. Vielleicht konnte ihr das Bügeleisen ja auch dabei helfen, den Armen Bär wiederzufinden?

Sie kramte ihr Taschentuch aus der Hosentasche. Julie meinte zwar immer, dass Tempos doch viel praktischer

waren und nur alte Onkels mit Kniebundhosen Stofftaschentücher haben. Aber diesmal war Ivi ihrer Mama ausnahmsweise dankbar, dass sie ihr die Hosen immer schon mit Taschentuch drin in den Schrank legte. Denn so hatte sie was zum Anlocken.

Sie wedelte also mit dem weißen Taschentuch, um das Bügeleisen auf sich aufmerksam zu machen. »Komm, hier gibt's was Feines, schau nur, das hat ganz tiefe Falten zum Glattbügeln …« Es dauerte keine drei Atemzüge, da hob es seine Metall-Schnauze von dem rosa Prinzessinnen-Socken. Es hatte Witterung aufgenommen.

Und keine zwei Augenaufschläge später war das Bügeleisen schon bei Ivi und walzte voller Begeisterung auf dem Taschentuch herum, das sie ihm hingeworfen hatte.

»Jaja, du bist ein Braver!«, lobte sie das Bügeleisen, so wie es Hundebesitzer immer machen. (Obwohl Ivi eigentlich Katzen lieber mochte.) Sie durfte es auch ohne jedes Aufmucken am Griff hochnehmen, um das Taschentuch umzudrehen, bevor sie es wieder draufsetzte. »Ganz ein Braver, jaaa.«

Der erste Teil von Ivis Plan war also schon einmal aufgegangen. Das Bügeleisen schien eine gute Witterung zu haben und vertraute ihr bereits.

Nun ging es nur noch darum, ihr Transportmittel wieder ausfindig zu machen. Denn zu Fuß, so viel hatte sie aus dem Angriff der Kleider schon gelernt, war es hier viel zu gefährlich für sie. Das Gesummse und Gezirpe und Gepiekse unter ihren Füßen, das all die klammerfreudigen Büroklammern und einpackwütigen Alufolien und ausspielsüchtigen Spielkarten veranstalteten!

Und da war auch schon wieder so ein merkwürdiges gestreiftes Bonbon, das Ivis Bein hinaufgerollt kam, um am Ende womöglich von ihr gelutscht zu werden. Ivi wischte es schnell vom Knie wie einen ekligen Dschungelkäfer.

Nein, zu Fuß war das wirklich nichts hier.

Also legte sie die Hände wie einen Trichter an den Mund und rief möglichst ordnungsgemäß um Hilfe: »An alle Motorflugzeuge in Funkweite! SOS! Benötigen dringend Transporthilfe aus der Luft! SOS! Bitte kommen!«

Doch anders als gedacht passierte erst einmal gar nichts. Ivi hörte nur das leise Schnarchen des Frau-Öttinger-Radios, das immer noch neben ihr stand.

Also wiederholte sie ihren Notruf. »SOS! Benötigen *äußerst dringend* ein Motorflugzeug! Bitte kommen!«

Wieder nichts. Ivi bekam schon Angst. Vielleicht war ihr Flugzeug von dem ersten Probeflug so entmutigt worden, dass es doch lieber kein Flugzeug mehr sein wollte …

Aber da schraubte es sich empor!

Oder besser gesagt: *Er* schraubte sich empor.

Der Quirl!

Er stieg hinter dem nächsten Hügel auf! Und knatterte im kühnen Steilflug zu ihr herüber! Ivi packte das Frau-Öttinger-Radio in die Armbeuge, schnappte sich das Kabel des Bügeleisens – und schon hängte sie sich mit einem kleinen Hopser wieder an den Griff!

Woraufhin der Quirl mit einem energischen Aufröhren seine ganze Last nach oben zog.

Ohne die Dutzenden Kleiderschichten war Ivi natürlich bedeutend leichter als beim ersten Flug. Deshalb lag der Quirl diesmal auch viel sicherer und ruhiger in der Luft.

Sie zogen ihre Kreise in der näheren Umgebung, und Ivi versuchte in dem Gewusel unter ihnen den Armen Bär zu entdecken, das heißt, den riesigen Kleiderball, zu dem ihr Stofftier geworden war. Aber das war gar nicht so leicht.

»Nicht zu hoch, Captain«, rief sie dem Quirl zu. »Wir suchen immer noch nach weiteren Verschollenen!«

Das Bügeleisen, das sie am Kabel herabbaumeln ließ, sollte nämlich jederzeit die Witterung des Kleiderknäuels aufnehmen können: »Such schön! Such den Armen Bär! Dann gibt's viele feine Kleider für dich!«.

Leider hatte das Bügeleisen noch rein gar nichts gewittert, seit sie losgeflogen waren.

Selbst als der Quirl in der Luft stehen blieb wie ein Hubschrauber, damit Ivi und das Bügeleisen besser suchen konnten: die Arme Bär-Kugel war nirgendwo zu finden.

Dafür gab es von hier oben aus so viel anderes zu sehen.

Zum Beispiel einen Toaster, in den Pärchen von Weißbrotscheiben hineinsprangen und braun wieder hinausfederten.

Oder eine alte mechanische Schreibmaschine, bei der eine lange Schlange von leeren Blättern anstand, um sich betippen zu lassen. Daneben wartete eine Reihe von galanten Briefkuverts, vor der die beschriebenen Blätter sich wie die knicksenden Hofdamen ordentlich falteten und dann anmutig hineinhüpften.

Oder die vielen Grüppchen von Handys, die aufgeregt summend und klingelnd an jeder Ecke standen und Botschaften austauschten.

Oder weit hinten am Horizont durch die Ebene galoppierende Herden von Sofas und Stühlen und Tischen.

Oder Flaschen, die Flüssigkeiten in Gläser schütteten, während viele andere Gläser und Flaschen um sie herumstanden und Beifall klirrten.

Oder Schwärme von aufgeblätterten Zeitungen, die neben und über Ivi im eleganten Gleitflug dahinsegelten, während unten am Boden die dicken gebundenen Bücher träge mit den Seiten flabberten, damit aber so viel Wind machten, dass die Zeitungen noch weiter nach oben segelten.

Überhaupt war der Flugverkehr hier keineswegs ungefährlich. Denn pausenlos regneten neue verlorene Dinge aus umgedrehten Riesenschubladen herab. Gerade sauste direkt vor ihnen ein großer gelber Gummistiefel vorbei, und der Quirl musste den haarsträubendsten Zickzack fliegen, um nicht im nächsten Moment schon wieder von einem Brillenetui getroffen zu werden. Ivi hielt sich nur mit Mühe fest und schlenkerte bei solchen Ausweichmanövern in der Luft herum wie ein Schlüsselanhänger.

Irgendwann hatte Ivi mit ihrem seltsamen Suchtrupp jeden Flecken der näheren Umgebung durchkämmt, aber den Armen Bär hatte sie nicht gefunden. Ivi fühlte sich einsam und hätte sich gerne mit jemandem ausgetauscht, aber das Radio hatte weiterhin Sendepause. Wo konnte ihr Freund nur sein?

Wer weiß, vielleicht war er weiter gekollert, als man sich das normalerweise hätte vorstellen würde. Hier in dieser komischen Gegend war so allerlei möglich. Vielleicht gab es auch noch andere Dinge, die sich für Flugzeuge hielten, oder sogar echte Flugzeuge, und der Arme Bär war mit jemandem mitgeflogen.

Hier war er jedenfalls nicht, Ivi musst es einsehen – und so schlug der Quirl irgendwann eine ganz neue Richtung in eine ganz andere Gegend des Reichs der verlorenen Dinge ein. Das Spürnasenbügeleisen versuchte auch weiterhin, die Witterung aufzunehmen. Und wer weiß, vielleicht fanden sie woanders nicht nur den Armen Bär, sondern am Ende sogar einen Ausgang!

Bald schon türmte sich vor ihnen eine zerklüftete Gebirgslandschaft mit beeindruckend hohen Dinge-Bergkämmen auf, aus deren Steilwänden scharfe Gartenrechen-Spitzen und fies gekrümmte Matratzen-Sprungfedern herausstachen. Der Quirl musste ordentlich an Höhe zulegen und jaulte dabei so vor Anstrengung, dass Ivi schon Angst hatte, er könnte den Geist aufgeben. »Komm schon, du schaffst das, du bist ein wunderschönes, starkes Motorflugzeug. Flieg, kleiner Flieger, flieg!«, feuerte sie ihn ganz im Stil ihrer Krankengymnastin an. Und der tapfere grün-weiße Küchenquirl stieg röhrend hoch und trug seine ganze Ladung über die mit schneeweißen Küchentuch-Kappen gekrönten Berggipfel hinweg.

Auf der anderen Seite lief das Gebirge in sanften Matten aus Luftpolsterfolie und großen Styropor-Platten aus, allerdings mit gewaltigen Pappkarton-Felsen dazwischen. Schließlich ging die Dinge-Hügellandschaft in eine weite Ebene über, in der sich Schallplatten friedlich um sich selbst drehten. Sie lagen so nahe aneinander, dass es wie eine einzige glatte schwarze Fläche aussah. Und auf den Schallplatten saßen wie die Zikaden Schwärme von Stecknadeln und entlockten ihnen leise Musik. »Die halten sich wohl für Plattenspielernadeln«, flüsterte Ivi andächtig. Ihr Papa hatte so einen alten Apparat im Wohnzimmerschrank stehen, aber sie durfte ihn auf keinen Fall benutzen. Umso größere Augen machte sie jetzt, da der Quirl sie ruhig brummend über diese sanft tönende Landschaft gondelte.

»Wie ein See sieht das aus. Wie ein Plattensee!«, rief Ivi dem Bügeleisen und dem Quirl zu. »Schön ist das. Aber von oben sieht doch irgendwie alles schön aus, findet ihr nicht auch?«

Doch keiner der beiden antwortete. Ivi überlegte kurz, ob sie vielleicht das Frau-Öttinger-Radio in ihrer Armbeuge wecken sollte. Das war sicher auch noch nicht so oft geflogen!

Aber dann kam in ihren Kopf ein neuer Gedanke geschlichen, der dieses schöne Gefühl gleich wieder verscheuchte:

Wie sollte sie hier nur je wieder herauskommen? Ein Ausgang war nirgendwo zu entdecken. Gut, zuerst musste der Arme Bär wieder her, so viel war klar. Aber sie hatte doch nicht ahnen können, wie unendlich groß und weitläufig dieses merkwürdige Reich der verlorenen Dinge wirklich war! Wie sollten ihre Eltern sie hier nur jemals finden?

Insgeheim - das merkte sie nämlich jetzt erst, wo sie daran zu zweifeln anfing - insgeheim hatte sie eigentlich von Anfang an damit gerechnet, dass ihre Eltern sie schon irgendwie hier rausholen würden.

Schließlich wussten die immer, wo alles war und alles hingehörte, besonders Papa. Wenn sie ihre Tochter erst einmal vermissten – und so lange, wie sie bereits hier war, taten sie das sicher schon – würden sie sie sofort suchen und auch finden. Das war Ivi völlig klar gewesen, ohne dass sie wirklich darüber nachgedacht hatte. Deshalb hatte sie auch noch keine echte Angst gehabt.

Aber nun kam die Angst über die schwarzen, kreisenden Scheiben des Plattensees gekrochen und schlüpfte mit dem kalten Gegenwind in Ivis Kleider.

Und die Angst sagte zu Ivi: Nein. Keiner hilft dir. Du bist ganz allein.

SECHSTES KAPITEL

IN DEM DER AUSFLUG ÜBER DEN PLATTENSEE ZU BEDROHLICHEN GELDPROBLEMEN FÜHRT

Ivi hielt das Alleinsein nicht mehr aus. Sie beschloss, jetzt den Verstand von Frau Öttinger aufzuwecken.

Sie rief also mehrmals »Frau Öttinger! Frau Öttinger!« und schüttelte dazu das Radio in ihrer Armbeuge, bis aus dem leisen Schnarchen im Lautsprecher ein Schnorcheln wurde und aus dem Schnorcheln eine schlaftrunkene Stimme: »Wie? Was? Wo bin ich?«

Und dann, einige Augenblicke später und sehr viel aufgeregter: »Ach du liebes Rädchen! Ich fliege ja!! Das GEHT doch nicht!!!«

»D...doch!«, stotterte Ivi, ein wenig eingeschüchtert. »Das geht schon.«

»Und du, wer bist du überhaupt?«, rief das Radio panisch.

»Na ich bin's doch, Ivi«:

»Ivi? Was für ein Ivi?«

»Na Ivi. Der Mensch!«

»Ach die *Kleiderpuppe*!«, das Radio schnaufte beruhigt aus. »Ohne die vielen Klamotten habe ich dich gar nicht erkannt. Du bist ganz schön mickrig, das muss ich schon sagen, höchstens für Kindergröße geeignet!« Aus dem Radio tönte es spöttisch – bis seine Bewohnerin sich wieder daran erinnerte, wo es gelandet war: In der Luft nämlich!

»Wie kannst du es wagen, mich einfach hier hoch zu verschleppen, du unartiges Ding?!«, kreischte Frau Öttingers Verstand. »Das ist Entführung! Noch dazu mit dem Flugzeug! Flugzeugentführung! Das schlimmste Verbrechen, das es gibt!«

Ivi versuchte zu beschwichtigen. »Entschuldige, dass ich dich mitgenommen habe. Aber ich habe mir gedacht, ich kenne mich hier doch nicht aus, ich brauche jemand mit etwas Verstand bei mir.«

»Ich BIN ein Verstand!«, trompetete das Frau-Öttinger-Radio barsch. Aber offensichtlich hatte Ivi den richtigen Ton angeschlagen, denn es fuhr schon viel freundlicher fort: »Und wozu brauchst du mich, meine mickrige Kleine? Wolltest wohl wieder fliegen, und jetzt weißt du nicht mehr, wie du landen sollst, wie?«

»Nein, gar nicht«, antwortete Ivi. »Ich wollte dich was anderes fragen: Wie groß ist dieses Reich der verlorenen Dinge eigentlich?«

»Nun ...« Das Radio zögerte einen Augenblick. »Ich bin hier zwar noch nicht so weit herumgekommen, wie du weißt. Aber nach allem, was man hört, ist es wohl das größte Land der Welt.«

Ivi traute ihren Ohren nicht. »*Das größte Land der Welt*?«

»Aber ja!« Das klang so, als wäre es ganz selbstverständlich. »Denk doch mal nach. In diesem Reich hier befindet sich alles, was in der Weltgeschichte je verloren gegangen ist. Da sammelt sich im Laufe der Zeit schon einiges an, meinst du nicht?«

»Ja, schon ...« Ivi war immer noch völlig verdattert. »Aber wenn das hier das größte Land der Welt ist ... Wie sollen mich meine Eltern da je finden?«

»Seit wann haben Kleiderpuppen denn Eltern? Das wäre mir neu!«

»Können wir einfach mal so tun, als wäre ich ein Mensch? Nur so tun, wenn du mir schon nicht glauben willst!«, sagte Ivi flehend.

»Na gut, wenn dir das eine solche Freude bereitet, von mir aus«, erwiderte das Radio gönnerhaft. Dann wurde es nachdenklich, »Wenn du also ein Mensch wärst ... ganz abgesehen davon, dass deine ›Eltern‹ wohl nicht einmal den Eingang zu diesem Reich finden dürften, glaube ich nicht, dass das die richtige Frage ist ...«

»Wieso?«, fragte Ivi. »Was meinst du damit?«

»Die Frage«, erklärte das Radio, »ist doch vielmehr, ob deine Eltern dich überhaupt *suchen*!«

»Aber klar suchen die mich!«, rief Ivi empört. »So lange wie ich schon weg bin ...«

»Das glaubst *du*!«, konterte das Radio. »Aber das zeigt nur, dass du immer noch nicht weißt, wo du hier eigentlich bist. Was, glaubst du, wird in der Welt am allermeisten verloren?«

Ivi überlegte. »Hm, Socken vielleicht?«

Da lachte das Radio. »Hahaha, Socken, wie niedlich! Nein,

natürlich nicht. Und auch nicht Schlüssel oder Haarspangen oder Zettel mit wichtigen Telefonnummern darauf. Nein, am allermeisten verloren auf der Welt wird – Zeit.«

»Zeit? Was für Zeit?«

»Jede Art von Zeit, die man sich vorstellen kann«, erklärte das Radio. »Vergeudete Zeit, verwartete Zeit, verjuxte Zeit, verschwendete Zeit, alles verlorene Zeit. Die natürlich hier landet.«

Ivi sah sich um. »Und wo ist diese Zeit dann?«

»Na, überall um uns rum!«, rief das Radio. »Wir *haben* sie hier einfach, die Zeit! Wir haben so viel davon, dass sie einfach nicht vergehen will. Und deshalb vermissen dich deine ›Eltern‹ auch nicht: Denn selbst wenn du denkst, du bist schon wer-weiß-wie-lange hier, ist seit deiner Ankunft kaum Zeit vergangen. Wenn überhaupt!«

Ivi schüttelte den Kopf. »Das gibt es doch nicht.«

»Und ob es das gibt!« Wieder lachte das Radio, und zwar genau das fistelige Lachen, das Ivi auch von der Frau Öttinger-ohne-Verstand so gut kannte. Es klang schon gut gelaunt, tat aber auch etwas in den Ohren weh. »Aber was schert das schon eine *Kleiderpuppe*!«

»Wir tun doch so, als wäre ich ein Mensch!«, ermahnte Ivi.

»Hach, das ist wirklich zu albern«, das Radio kiekste noch immer, dann beruhigte es sich langsam wieder. »Na gut, dann frage dich jetzt als ›*Mensch*‹, ob du eigentlich Hunger hast?«

Ivi hielt inne. »Nein!«, sagte sie überrascht. Denn schließlich war sie ja schon so lange hier, ohne auch nur den kleinsten

Krümel gegessen zu haben!

»Oder bist du müde?«, fragte das Radio weiter. »Oder musst aufs Klo?«

»Nein!« Auch merkwürdig, aber es stimmte!

»Nicht einmal ein bisschen erschöpft, obwohl du jetzt schon stundenlang mit einem Arm an dem Quirl hängst?«

Diese Frage verblüffte Ivi so, dass sie den Quirl um ein Haar losgelassen hätte. Denn ihre Antwort war wiederum: »Nein!«

»Siehst du«, sagte das Radio jetzt ganz milde wie eine liebe alte Tante, »und weißt du auch warum? Weil Zeit vergehen muss, damit man Hunger kriegt oder müde wird.«

»Aber du warst vorhin doch auch müde, und dann hast du ein langes Nickerchen gemacht und geschnarcht wie mein Papa!«

»Ach was, ich war kein bisschen müde! Ich hatte einfach keine Lust mehr auf dein albernes Geplapper. Da hab ich eben so getan, als ob. Jetzt tue ich ja auch so als ob. Als ob du ein Mensch wärst. Ach, du liebes Rädchen, ich glaube beinahe, das ist ein verborgenes Talent von mir! Vielleicht sollte ich zur Bühne!«. Das Radio kicherte vergnügt.

Ivi schenkte ihm kaum Beachtung, sie musste nachdenken. »Wenn hier also keine Zeit vergeht …« Plötzlich fiel ihr etwas ein. Sie sah das Radio erschrocken an: »Dann wird man ja auch gar nicht älter hier! Dann bleibe ich immer zehn Jahre alt!«

»Jaja, so ist das!«, bestätigte das Radio milde. »Du beginnst zu verstehen! Alles bleibt immer, wie es ist.«

»Und meine Eltern merken gar nicht, dass ich weg bin …«

Ivi schaute traurig an sich hinab und sah das Bügeleisen in ihrer Hand, das doch den Kleiderballen mit dem Armen Bär darin hätte wittern sollen. Blöde Idee, hatte gar nichts genützt ... Ihr Stofftier würde sie wahrscheinlich nie wiederbekommen!

Sie sah die letzten schwarzen Scheiben des Plattensees unter ihren Füßen vorbeigleiten. Die vielen Nadeln darauf spielten Hunderte von Liedern durcheinander ab, und jedes einzelne so leise, dass man sie kaum unterscheiden konnte. Aber plötzlich hörte sie eins davon ganz deutlich, und das war ausgerechnet »Stille Nacht«. Das hatte sie noch nie gemocht, an Weihnachten musste sie das immer singen, und ihre Eltern sangen nicht einmal mit, weil sie angeblich nicht musikalisch waren. Ivi musste es aber singen, weil das sich an Weihnachten halt so gehörte.

Aber jetzt, wo sie irgendwo zwischen Himmel und Erde an einem fliegenden Quirl hing, da wurde ihr bei diesem dummen »Stille Nacht« ganz anders.

Ivi musste kurz schniefen. Sie hätte sich gern mit dem Stofftaschentuch ihrer Mama die Nase geputzt, aber sie hatte ja keine Hand frei.

»Du bist doch nicht etwa verschnupft?«, fragte das Frau-Öttinger-Radio in ihrer Armbeuge.

»Nein, nein«, sagte Ivi mit leicht belegter Stimme, »es ist nur ...«

»Hätte mich auch sehr überrascht, bei einer Kleiderpuppe«,

unterbrach das Radio, »und Krankheiten und Ähnliches gibt es hier ja sowieso nicht, das ist einer der großen Vorteile. Genau wie das, wovon wir eben gesprochen haben, dass sich hier nie etwas ändert. In meinem Alter findet man das eher angenehm, verstehst du?«

Ivi nickte stumm. Sie sagte lieber nicht, was man in ihrem Alter angenehm findet, vor allem, wenn man vor der Aussicht steht, nie älter als zehn Jahre zu werden.

Und dann änderte sich zum Glück doch etwas. Oder eher: Zum Unglück!

Es fing nämlich an zu hageln!

Ja, direkt vor Ivis Nase sauste etwas vorbei! Sie konnte den Luftzug spüren, sah aus dem Augenwinkel ein kurzes Glitzern, und einen Moment später plinkerte es wie Metall.

Und dann plinkerte es hinter ihr! Glitzerte links und rechts! Bimmelte schrill über ihrem Kopf – da hatte so ein Hagelstück einen der Quirl-Propeller gestreift! Alles wackelte und trudelte! Mit einem Schlag sackte der Quirl samt Ivi und Radio fünf Luftstockwerke tiefer – aber er fing sich gerade noch, bevor sie vollends abstürzten.

»Uaaaaaah«, schrie Ivi gegen den Hagel an, er wurde immer dichter und das Rauschen und Plinkern immer lauter, »was ist das?«

»Ach, kein Grund zur Beunru-hu-hu-igung!«, tönte das Radio zurück, ein bisschen wacklig, weil der Quirl dem Hagel ausweichen musste. »Wahrsch-sch-ei-heinlich fliegen wir gerade unter einer Weichen Stelle d-durch! Da hat w-wohl wieder wer ein paar Geldmünzen verlo-lo-loren! Ist gleich wieder vorb-b-bei!«

»Wie, ein paar?«, schrie Ivi. »Das ist ja wohl eher eine ganze Parkuhr voll Geldmünzen! So viel kann man doch gar nicht auf einmal verlieren! Und überhaupt« – das fiel ihr jetzt erst auf – »hagelt es hier gar nicht von oben nach unten, sondern von unten nach oben! Aua!«

Gerade war ihr nämlich eine Münze voll gegen die Stirn geflogen! Von dort plumpste sie gleich wieder herunter, blieb dabei aber in Ivis linkem Hosenaufschlag stecken. Die obere Hälfte der Münze schaute noch heraus, Ivi sah einen lockigen Männerkopf im Profil, und der funkelte sie mit seinem einen Auge wütend an und kommandierte: »Sofort landen! Im Namen des Königs! Geld regiert die Welt!«

»Ich kann nicht!«, schrie Ivi nach unten, und nun sah sie auch, wo das ganze Klimpergewitter um sie herum herkam: Sie flogen auf das Ufer des Plattensees zu, und das war von langen Reihen riesiger Münzstapel gesäumt. Es sah fast aus wie die Wolkenkratzer-Skyline von New York! (Die kannte sie von einer Postkarte, die ihre Oma einmal geschickt hatte.)

Und ohne Pause standen von diesen Türmen Geldstücke auf, sprangen auf den Rand des jeweils nächstniedrigeren Turmes und schnalzten so die zuoberst liegende Münze hoch. Und zwar ganz gezielt in Richtung des Quirl-Ivi-Frau-Öttinger-Radio-Bügeleisen-Flugzeugs!

»Sofort landen!« »Geld regiert die Welt!!« »Im Namen des Königs!!!« Jetzt hörte es Ivi von allen Seiten, immer lauter und immer barscher wurden die Zurufe der Münzen. Der Hagel wurde dichter und dichter, die Türme schrumpften durch das viele Gespringe und Geschnalze schon erkennbar zusammen – und nun sah Ivi, was sich dahinter verbarg: Ein Gebäude, nicht so hoch wie die Türme, dafür aber unglaublich lang und breit, ein richtiger – ja: ein Palast! Mit Mauern, Türen, Fenstern, Dach! Und alles war gebaut aus – Geldscheinen!

»Ist das da vorn vielleicht der Palast von dem König, von dem die reden?«, rief sie über den Lärm der Münzen dem Frau-Öttinger-Radio zu.

»Kann gut sein!«, kam es zurück. »Und ich als Verstand würde sagen: Das gibt Ärger.«

Und den gab es auch – schon im nächsten Augenblick. Es begann damit, dass sich zwei zeternde Münzen gleichzeitig zwischen den Rührstäben des Quirls verfingen. Beide Flugpropeller waren blockiert. Plötzlich hörte Ivi kein Motorengeräusch mehr über sich – dafür näherten sich die Münztürme unter ihr, und zwar schnell!

»Wir stürzen aaaaaaaaab!«, schrie sie.

Jetzt wurde es hektisch.

Die Münzen sprangen nicht mehr nur einzeln, sondern in ganzen Stößen in die Tiefe, sie schnalzten sich nicht mehr nach oben, sondern stürzten in einer enorm klirrenden Flutwelle nach unten weg. Die Türme schmolzen vor Ivi wie Eiswürfel unter einem Fön, und zwar im Zeitraffer, überall hopste, rollte, taumelte, rutschte das Kleingeld in wilder Flucht davon.

Nichts mehr war von den Türmen übrig, und so raste das Quirl-Flugzeug ungehindert und mit Karacho auf das zu, was dahinter lag: Den prunkvollen Palast der Geldscheine! Er schwankte schon bedenklich, die darauf abgebildeten Könige und Königinnen und Feldherren und Wissenschaftler sahen der abstürzenden Fluggesellschaft mit hellem Entsetzen entgegen. Aber sie harrten aus und pressten ihre Kanten aneinander, wild entschlossen, der Bedrohung standzuhalten. Ivi hörte noch, wie sie tapfer im Chor schmetterten:

»Wir sind stärker als Papier
Unser König Futsch wohnt hier!«

Und dann rauschte Ivi samt Quirl, Bügeleisen und Frau-Öttinger-Radio in das Kartenhaus aus Geldscheinen hinein. Im letzten Moment sah sie noch einmal nach oben: Aus der Luft hatte es niedriger ausgesehen. Aber es war mindestens zehn Meter hoch.

Gewesen.

SECHSEINHALBTES KAPITEL

IN DEM FRAU ÖTTINGER EINEM GROßEN RÄTSEL AUF DER SPUR IST

Frau Öttinger stand im Treppenhaus vor ihrer Wohnung, starrte in die Lücke zwischen den Treppengeländern nach unten und zählte die Stiegen.

Eins, zwei, drei, vier.

Sapperlot, dachte sie, und dabei wohne ich doch im zweiten Stock. Da fehlen ja zwei Stockwerke!

Sie überlegte kurz, schaute noch einmal sehr unwillig nach unten und begab sich dann zurück in ihre Wohnung. Um die fehlenden Stockwerke zu suchen.

SIEBTES KAPITEL

IN DEM DER BEHERRSCHER DES GRÖẞTEN REICHES DER WELT AUFTRITT

Ivi saß in einem nicht enden wollenden Geldscheinregen.

»Alles in Ordnung mit euch?«, fragte Ivi ihre Flugpartner.

Das Frau-Öttinger-Radio und das Bügeleisen hatten die Landung gut überstanden, zum Glück. Nur der Quirl hatte einen winzigen Sprung abbekommen. Die Scheine um sie herum raschelten und flatterten gewaltig, als würde über ihr in einem Schwung das Herbstlaub eines ganzen Waldes ausgeleert. Und sie redeten wild durcheinander!

»We're going down«, wimmerte zum Beispiel wer ganz nah an Ivis Ohr. »Eine englische Pfundnote«, rief das Frau-Öttinger-Radio Ivi zu.

Oder ein anderer fluchte »Gopferteckel, mer gheie!«

»Das waren Schweizer Franken!«

Und dann wurde noch sowas gerufen wie »我們在鼻子跌倒!«

»Das war Chinesisch«, meinte das Frau-Öttinger-Radio dazu.

So ging das eine ganze Zeit weiter.

Erst als Ivi schon knietief im Geld stand, ließ das Gestöber endlich nach, und irgendwann hörte es ganz auf.

Halt, nein, da kam noch einer, aber der war anders als die

anderen Scheine: Er boxte und trat mit seinen Ecken um sich, stieß ununterbrochen grimmige Kampflaute aus und wollte einfach nicht zu Boden sinken.

Bis er sich schließlich doch geschlagen geben musste und genau vor Ivis Füße glitt.

Aber im nächsten Moment stand er schon wieder auf der Unterkante und baute sich in voller Größe vor Ivi und ihren Fluggefährten auf. Was allerdings immer noch nicht sonderlich groß war, sogar für einen Geldschein.

Für Ivi sah er nicht einmal nach richtigem Geld aus: Er war aus ganz gewöhnlichem Paper, leicht angegilbt schon. Darauf abgebildet war ein etwas lächerliches Männchen im schwarzen Anzug mit weißem Schnauzbart, dessen Enden angebermäßig nach oben gebogen waren, und einem zu großen schwarzen Zylinder auf dem Kugelkopf. Darunter stand in altmodischen Ziffern eine »500«, und jemand hatte mit Kinderschrift noch einiges dazugekrakelt. Ivi konnte es nicht lesen, weil der Schein ständig aufgeregt vor ihr herumgestikulierte, aber eins stand fest: Bei diesem Geldschein handelte es sich um ganz läppisches Spielgeld! Sie wusste nicht, aus welchem Spiel, aber irgendwie kam es ihr bekannt vor ...

Dafür war seine Stimme umso großmächtiger, sie dröhnte los wie ein Schiffshorn: »Zum dreimal bezahlten Trinkgeld noch mal, jetzt habt ihr schon wieder meinen Palast zum Einsturz gebracht!«

Ivi wich unwillkürlich zurück: »E… Entschuldigung …«

»Papperlapapp«, sagte der Schein, »von Entschuldigung kann ich mir nix kaufen.« Einen Moment stutzte er. »Äh, ich kann mir sowieso nix kaufen, bin ja selber Geld.« Aber dann fiel ihm wieder ein, was er eigentlich wollte, nämlich Ivi und ihre Fluggesellschaft anblaffen: »Wisst ihr, wie lange das Geld auf dieser Müllhalde geschuftet hat? Auf dieser Müllhalde aller Müllhalden? Damit wir endlich ein richtiges Reich begründen? Und ihr propellert mit eurem fliegenden Quirl einfach durch unsere militärisch einwandfreie Münzabwehr durch! Puff! Und wieder bin ich nur der König vom Altpapier!«

»Mit Verlaub«, meldete sich das Frau-Öttinger-Radio, »das wollten wir wirklich nicht …«

»Ha, erzählt ihr mir nichts von Wollen!«, trompetete der Schein dazwischen. »Das ist wie letztes Mal, als diese Luftpumpe auf Wanderurlaub vorbeikam und ausgerechnet hier nebenan ganz dringend ›ausschnaufen‹ musste. Oder davor der diensteifrige Handstaubsauger. Oder die drei lustigen Wasserpistolen. Keiner von denen hat irgendwas ›gewollt‹! ›Wollen‹ könnt ihr doch gar nicht, das habt ihr doch gar nicht im Gerät, ihr blöden Dinge! Ihr *macht* einfach nur, und zwar ständig irgendwelchen Unfug!«

»Wir *alle* hier sind Dinge«, entgegnete das Frau-Öttinger-Radio würdevoll, »auch das Geld. Wer die Dinge beleidigt, beleidigt sich auch selbst.«

500

»Genau«, schaltete sich Ivi ein, »nicht einmal ich würde die Dinge so beleidigen. Und ich bin ein Mensch!«

»Oje«, seufzte das Frau-Öttinger-Radio, »jetzt fängt sie damit wieder an ...«

»Ha, da haben wir's!«, trumpfte der Geldschein auf. »Schon wieder Unfug! Erst ein Quirl, der denkt, er ist ein Flugzeug, dann eine Riesenpuppe, die sich für einen Menschen hält ...«

Jetzt reichte es Ivi. »Na, und du? Du hällst dich doch auch für was Besonderes, für den König! Hast du gerade gesagt!«

Das Zylindermännchen auf dem Geldschein schnappte vor Empörung nach Luft. »Wer hat denn dich verloren, du dahergelaufener Puppentrampel? Kennst du nicht mal deinen König, den Herrscher über das ganze Reich der verlorenen Dinge? Mich, den mächtigen König Futsch?«

»König Futsch?« Jetzt konnte Ivi nicht anders, sie musste lachen.

»Oje, pass auf, meine Liebe«, hörte sie das Frau-Öttinger-Radio wispern, »von diesem König hab ich schon gehört! Der will hier alles an sich reißen!«

Da musste Ivi gleich noch mehr lachen. »Aber wie denn, wenn er schon futsch ist? Und noch dazu so ein kleiner Pupslappen?«

Vor Zorn verengten sich seine Augen zu kleinen Schlitzen. »Sieh mich an!«, donnerte er. Seine Stimme war nicht von schlechten Eltern, das musste Ivi ihm lassen. »Sieh mich ganz genau an!«

Also tat Ivi ihm den Gefallen, sie beugte sich zu ihm hinunter. *Irgendwo* hatte sie solche Scheine schon gesehen, aber wo nur ...?

Jedenfalls konnte sie, da er nun endlich mal still stand, auch die Krakeleien hinter der aufgedruckten »500« lesen: Es waren ... Nullen! Nichts als Nullen, Ivi zählte sie, »... 14, 15, 16 ...«

»Es sind 33!«, unterbrach sie der Geldschein. »Eine 500 mit 33 Nullen. Das heißt, ich bin ein 500-Quintilliarden-Schein! Der größte, den es je gegeben hat, und auch der größte, den es hier im Reich der verlorenen Dinge gibt. O ja, hab ich persönlich überprüft. Ich bin das Wertvollste überhaupt hier, also: Der König!«

Er ließ eine Papierecke nach vorne schnellen, dass sie Ivi fast in die Nase gepiekt hätte. »Beuge dein Haupt vor Ihrer Majestät König Futsch!«

Aber Ivi dachte gar nicht daran. Sie stand wieder auf und sah auf das bekritzelte Stückchen Papier herunter. »Pff, von wegen das Wertvollste, du bist doch nicht mal ein richtiger Geldschein. Du bist nur Spielgeld, du Futschikato!«

Das brachte das Zylindermännchen vollends aus der Fassung, Ivi fürchtete schon, der Schein könnte vor ihren Augen in tausend Schnipsel zerplatzen. »Wie kannst du es wagen, du große dumme Schlenkertriene! Da, wo ich herkomme, wurden mit mir Häuser bezahlt! Hotels! Ozeandampfer! Städte! Ganze Länder!! Weltreiche!!!«

»Ja, aber nur im Spiel.« Ivi reichte es mit diesem aufgeblasenen Falschgeld. Sie hob Quirl, Bügeleisen und Radio vom Boden auf. »Bleib du nur schön futsch, ich such mir jetzt meinen Weg nach Hause. Und zwar ganz im Ernst.«

»Ha, hiergeblieben!«, zeterte der 500-Quintilliarden-Schein. »Ich weiß zwar nicht, was du mit deinem Gerede von Spiel und Ernst meinst – aber ich werde dir jetzt mal was zeigen, was Ernst ist. Haltet sie auf!«

In dem Geldteppich, der Ivi bis zu den Knien reichte, tat es auf einmal einen Ruck.

Sie zuckte mit den Achseln und wandte sich zum Gehen.

Aber es ging nicht.

Die Geldscheine klammerten sich aneinander wie Pech und Schwefel. Ihre Füße steckten fest darin wie in Zement!

Und da kollerten und hüpften und klimperten von allen Seiten die Münzen herbei und legten über die Banknoten noch eine dicke Kleingeldschicht. Ivi wollte sie noch schnell mit den Händen wegräumen, aber die Gelddecke war bereits hart wie Straßenpflaster, fast hätte sie sich einen Fingernagel daran abgebrochen.

Verblüfft starrte Ivi den zuoberst liegenden Münzen ins Gesicht. Ein altes 2-Mark-Stück schnarrte mit finsterem Blick: »Kein Durchgang. Befehl von König Futsch. Er ist der Wertvollste!«

»Haha!«, triumphierte der und tanzte vor Ivi auf seinen Ecken. »Beuge dich der Macht des Geldes!«

Jetzt wurde es Ivi aber wirklich zu bunt. Immer steckte, klebte, hing man hier irgendwo fest! Sie wollte nur noch raus aus diesem dämlichen Futsch-Laden, sie wollte nach Hause! »Lass mich sofort weg! Sonst ... sonst ...«

»Hoho«, höhnte der hüpfende König Futsch, »was denn sonst? Geld regiert die Welt!«

»Sonst ...« Da fiel Ivi etwas ein: »Ha, sonst lass ich den Quirl los! Und wenn du bei dem in die Rührstäbe kommst, dann heißt du nicht nur so, dann *bist* du futsch!« Sie hob den Quirl hoch über ihren Kopf, und der sprang gleich unternehmungslustig an, rrronnnrrronnn!

Der König erstarrte mitten in einem besonders hohen Hüpfer und fiel platt auf den Rücken. »Neeeeeiiin! Bitte nicht!!!« Er wedelte abwehrend mit den Ecken.

»O doch!!!« Ivi fühlte sich auf einmal sehr mächtig. Sie fuchtelte mit dem Quirl über ihrem Kopf, und der heulte gleich noch mal lauter, rrrRONNN! Sie konnte ihn kaum mehr halten, er zog schon mächtig an ihren Fingern!

»Na gut, na gut!«, beschwichtigte der König. Er hatte wirklich panische Angst vor dem Quirl. Der hatte schließlich schon seinen Palast zerstört, was würde er erst mit ihm machen! »Untertanen, gebt sie frei!«

Ivi spürte, wie der Griff des Geldteppichs sich löste. Sie konnte nun ganz leicht ihre Füße herausziehen. Sie schüttelte sie aus und tippelte herum, als wäre es das Schönste von der Welt. War es in diesem Moment auch! Und es gefiel ihr auch nicht schlecht, wie ängstlich König Futsch auf den immer heftiger zerrenden Quirl starrte. Sie ließ ihn noch etwas zappeln.

Aber dann nickte sie dem Quirl großmütig zu und rief über sein Röhren hinweg: »Gut gemacht. Du kannst dich wieder beruhigen, äh, ausschalten.«

Tat der Quirl aber nicht.

Stattdessen riss er sich mit einem wiehernden Aufheulen von ihrer Hand los, stieg hoch in die Luft, drehte drei, vier übermütige Loopings – und flog auf und davon!

Ivi und König Futsch sahen ihm lange hinterher. Dann schnaufte der 500-Quintilliarden-Spielgeldschein tief durch, räusperte sich und sagte: »Siehst du, darum ist mit euch Dingen eben nichts anzufangen. Jedes macht immer nur das, was ihm gerade einfällt.«

Obwohl der Quirl längst über alle Krimskrams-Berge verschwunden war, starrte Ivi ständig noch nach oben. Immer wieder hagelten da und dort neue verlorene Dinge herab, einmal hörte man weit in der Ferne den dumpfen Aufprall eines Schrankkoffers.

Die Weichen Stellen, dachte Ivi, da muss ich hinauf. Aber die Stellen selbst sah sie ja nicht einmal, so hoch oben waren sie, einen Turm bauen hatte da keinen Zweck. Und selbst ein begeisterter Flieger wie der Quirl konnte sie da unmöglich hinauftragen, dafür war er zu schwach und sie zu schwer.

Aber wie dann?

Der König seufzte tief. »Na gut, wie sagt man so schön? Frisch verloren ist halb futsch. Klaubt euch wieder zusammen, ihr Gelder! Bauen wir einen neuen Palast.«

Unter klimperndem Gemurmel robbte das Kleingeld zu Ivis Füßen beiseite, und die Scheine darunter kamen wieder zum Vorschein.

Sie machten sich sofort an die Grundfesten für einen neuen Königspalast: Je zwei Scheine richteten sich nebeneinander auf. Das war für viele nicht leicht, sie waren zerknittert und zerbeult und hatten abgeknickte Ecken, aber sie streckten sich stöhnend, so gut es ging. Ein dritter kroch dann an einem der Scheine empor wie eine Schnecke und legte sich oben als Querbalken auf die beiden Pfeiler.

Sie hatten offensichtlich alle viel Übung im Palastbau, ziemlich flott entstand so eine lange Reihe von Geld-Kartenhäuschen. Aber viele von ihnen waren krumm und schief und schwankten bedenklich.

»Oje«, sagte Ivi, »das sieht ganz schön wacklig aus.«

König Futsch neben ihr äußerte sich dazu nicht. Aber er blickte sehr verdrossen drein.

»Ähem.« Ein Räuspern ließ sich vernehmen, nahe an Ivis linkem Ellbogen – sie hatte immer noch das Frau-Öttinger-Radio im Arm. »Dürfte ich mir eine Bemerkung erlauben, Eure Majestät?«

Zuerst kniff der König nur finster die Augen und die Lippen zusammen. Aber dann knurrte er: »Aha. Noch so ein Ding, das denkt, es könnte denken.«

»Hm, aber wenn ich denke, dass ich denke, dann denke ich doch auch schon«, antwortete das Radio schlagfertig.

»Denkst *du*!«, gab der König patzig zurück. Aber nach einer Weile merkte er wohl selbst, dass da irgendwie ein Widerspruch drin steckte. Und wackelte unwillig mit seinen Ecken. »Na los, rede.«

Ivi sah misstrauisch auf das Radio in ihrem Arm herab. Was hatte es vor?

»Majestät, ich verstehe, dass Sie mit der Situation ihres Palastes sehr unzufrieden sind ...«

»Kann man wohl sagen!«, maulte König Futsch.

»... und ich verstehe auch Ihren Groll auf die Dinge, die ihn immer wieder zum Einsturz bringen, weil sie immer nur das zu tun scheinen, was ihnen gerade in den Sinn kommt. Wie eben unser lieber Quirl. Aber Sie sind nun einmal der König dieses Reiches. All diese Dinge hier sind Ihre Untertanen!«

»Ja, leider«, murrte der König.

»Würde es dann nicht der Weitsicht und Klugheit Ihrer Majestät zur Ehre gereichen, wenn Sie gerade eben diesen Eigensinn Ihrer Untertanen für Ihre königlichen Zwecke zu nutzen verstünden?«

Das Radio machte eine erwartungsvolle Kunstpause.

»Hä?«, fragte der König.

Und auch Ivi wunderte sich, warum der verlorene Verstand von Frau Öttinger auf einmal so geschwollen daherredete.

Was sollte das werden?

»Nun«, fuhr das Radio fort, »sehen Sie sich doch zum Beispiel den bedauernswerten Zustand Ihrer Bausteine an. So ramponiert wie diese Geldscheine schon sind, wird kein weiteres verirrtes Ding nötig sein, um diesen Palast wieder zum Einsturz zu bringen. Er wird ganz von selbst in sich zusammenfallen!«

»Davon will ich nichts hören!«, schrie König Futsch. »Und wenn, dann bauen wir ihn eben wieder auf, den Palast!«

Aber das Radio ließ sich nicht beirren: »Nun befindet sich rein zufällig in unserer Gesellschaft – genauer gesagt, in der anderen Hand unserer lieben Freundin hier – ein bemerkenswertes Ding. Ein Ding, dessen ganz besonderer Eigensinn darin besteht, dem bedauernswerten Zustand der Geldscheine abzuhelfen.«

Ivi wusste zwar immer noch nicht, worauf Frau Öttingers Verstand hinauswollte – dafür aber umso besser, was sich in ihrer anderen Hand befand: »Du meinst das Bügeleisen?«

»Dieses Bügeleisen«, fuhr das Radio fort, »kennt doch nichts Schöneres, als alles zu bügeln, was noch nicht platt ist, oder?«

»Stimmt!«, bestätigte Ivi.

»Ah!« Nun begriff König Futsch. Aber er klang immer noch argwöhnisch. »Und du meinst, dieses Bügeleisen könnte die Scheine alle … schön glattbügeln? So dass der Palast wieder prachtvoll gerade und hoch wird? Wie sich's gehört, ja?«

»So ist es«, bestätigte das Radio in würdevoller Größe.

Der König überlegte lange. »Ich traue diesen Dingen nicht. Besonders nicht denen mit so einem Kabelschweif! Das klingt mir alles sehr gefährlich.« Es folgte eine weitere, noch längere Pause. »Andererseits stimmt es schon: Das Bügeleisen ist mein Untertan, das will ich wohl meinen!«

Er wandte sich suchend um, dann zeigte er auf einen arg zerknüllten 20-Euro-Schein, der sich gerade so mit Mühe aufrecht hielt. »He du, komm mal her!«

Der Zwanziger näherte sich mit zögerlichem Knittern.

»Leg dich mal da hin!«, befahl der König. »Los, los, jetzt tun diese Rüpeldinge mal was für uns!«

Mit sichtlichem Unbehagen tat der Zwanziger wie ihm geheißen. Auch Ivi war sich nicht sicher, ob das eine gute Idee war. Der Schein tat ihr etwas leid, wie er so armselig dalag. »Nun mach schon!«, drängte das Radio.

Also setzte sie das Bügeleisen vorsichtig am Boden ab – und das wetzte schnurstracks wie ein Jagddackel auf den Zwanziger los! Vor! Zurück! Vor! Eine kleine Dampfwolke! Noch mal zurück und vor – dann glitt das Bügeleisen herunter und postierte sich stolz daneben, mit der Spitze nach oben.

»Heiliger Börsenkrach!«, staunte König Futsch. »Dieser Schein trügt! Der sieht ja aus wie frisch aus der Druckerei!«

»Danke, Majestät!«, krähte der Zwanziger, schlängelte sich elegant empor und tänzelte mit schwingender Kante zurück an seinen Platz.

Der König betrachtete das Bügeleisen mit Wohlgefallen. »Tja. Es gibt sie noch, die guten Dinge.«

Ivi sah missmutig zu, wie König Futsch mit dem Bügeleisen im Gefolge davonlief. Mit ausladendem Eckenwedeln reihte er sämtliche Geldscheine in einer Schlange auf, damit sie sich von dem »guten Ding« glätten ließen. »Was sollte denn das jetzt?«, fragte Ivi das Frau-Öttinger-Radio. »Wieso hilfst du diesem kleinen Angeber auch noch?«

»Weil es *vernünftig* war«, kam die Antwort, und sie klang leicht selbstgefällig, fand Ivi. »Ich bin ein Verstand, falls du es vergessen haben solltest. Als Verstand aber bin ich dafür zuständig, dass Vernunft herrscht – und unser König hier hat sich doch sehr unvernünftig verhalten, findest du nicht?«

Von ferne drangen zu ihnen seine verzückten Juchzer über all die frisch gebügelten Scheine herüber, die sich zierlich knicksend vor ihm aufreihten wie eine Hofgesellschaft.

»Wie der sich verhält ist mir schnurz wie Purz!«, zischte Ivi erbost. »Du hättest ihn mit deinem Verstand lieber dazu kriegen sollen, dass er uns verrät, wie wir aus seinem Reich wieder rauskommen! Als König weiß er das ja wohl!«

»Aber warum sollte ich von hier wegwollen?«, entgegnete das Radio versonnen. »Mir geht es hier viel besser als drüben in der anderen Welt, im Kopf von dieser Frau Öttinger.

Ich bin frei, ein freier Verstand! Und nun folgt sogar schon der König des Reiches meinem Rat!«

»Ein Spielgeld-König mit 33 aufgemalten Nullen. Dass den überhaupt jemand ernst nimmt!« Ivi sagte es so verächtlich, wie sie nur konnte.

»Nun, der Rest des Geldes tut es, und der ist zweifellos echt!«

Aber den Einwand wischte Ivi beiseite. »Und Frau Öttinger redet derweil wirres Zeug, vergisst die wichtigsten Sachen und lässt ständig die Herdplatte an. Wenn das so weiter geht, muss sie vielleicht bald in ein Heim! Weil du dich nicht um sie kümmerst! Aber das gehört wohl zu einem Verstand nicht dazu, dass man sich kümmert ...«

»Aber das tu ich doch!«, protestierte das Radio. »Ich kümmere mich darum, dass der König vernünftig handelt! Und sieh nur, wie schön es jetzt hier wird!«

Tatsächlich hatten sich die gebügelten Geldscheine schon wieder flugs zu einem neuen Erdgeschoß aufgestellt. Es sah wirklich tipptopp senkrecht und waagrecht aus.

Und vom Bügeleisen weg marschierten auch schon die nächsten Scheine hinüber zum Palast-Rohbau und sangen dabei stramm im Chor:

»Futsch zwei drei vier
Futsch zwei drei vier
Wir sind nicht geboren
Wir sind verloren

Sehen zu, dass Majestät
Nicht auch noch verloren geht
Futsch ist der König
Futsch ist weg und fort
Futsch sind auch wir
Darum sind wir dort!«

Schon hangelten sich die ersten empor und begannen das nächste Stockwerk!

Das wird eindeutig das schönste Kartenhaus, das ich je gesehen habe, dachte Ivi. Aber nicht so sehr bewundernd. Eher grimmig. »Und was«, überlegte sie laut weiter, »wenn ich jetzt mal da rüberginge und ein bisschen ... puste?«

Das Radio in ihrem Arm tat einen Hopser vor Schreck. »Du wagst es nicht!«

»Da siehst du's«, Ivi zuckte schnippisch mit den Achseln, »ist wohl doch nicht so weit her mit deiner berüüühmten Vernunft.«

»Was soll das heißen?«

»Naja, *wirklich* vernünftig wäre gewesen, wenn du dem König erklärt hättest, dass es einfach bescheuert ist, immer wieder Paläste aus Geldscheinen zu bauen. Das geht nicht mal mit Bierdeckeln richtig! Hab ich schon tausend Mal probiert!«

»Ach ja?«, gab das Radio beleidigt zurück. »Pardon, ich als Verstand habe mit dem richtigen Stapeln von Dingen natürlich nicht so viel Erfahrung. Was würden Fräulein Puppenschlau denn stattdessen vorschlagen?«

»Etwas, das richtig hält! Steine oder Ziegel oder Bretter ...«

»Ich weiß nicht«, meinte das Radio skeptisch, »ich habe den Eindruck, Majestät hat mit den Launen solcher Dinge schon des Öfteren schlechte Erfahrungen gemacht ...«

»Dann muss er es mit ihnen eben schlauer anstellen, so wie du vorhin mit dem Bügeleisen. Sich ... wie hast du es genannt? ›Sich den Eigensinn seiner Untertanen zunutze machen‹!«

Daraufhin blieb das Radio einige Augenblicke lang stumm. Bis es plötzlich losgellte: »Majestät! Eure Majestät!!!«

SIEBENEINHALBTES KAPITEL

IN DEM FRAU ÖTTINGER EINE KLEINIGKEIT ZU SICH NIMMT

Zurück in ihrer Küche erspähte Frau Öttinger auf der Tischdecke wieder den Fleck, und sie kriegte Hunger.

Auf einen Rosinenschneck.

Zum Gleck, nein, zum Glück hatte sie davon noch einen auf dem Teller neben der Spüle liegen.

Den holte sie sich, und dabei fiel ihr ein, dass sie ja noch dringend etwas suchen wollte.

Genau! Die Butter!

Zum Rosinenschneck gehört Butter.

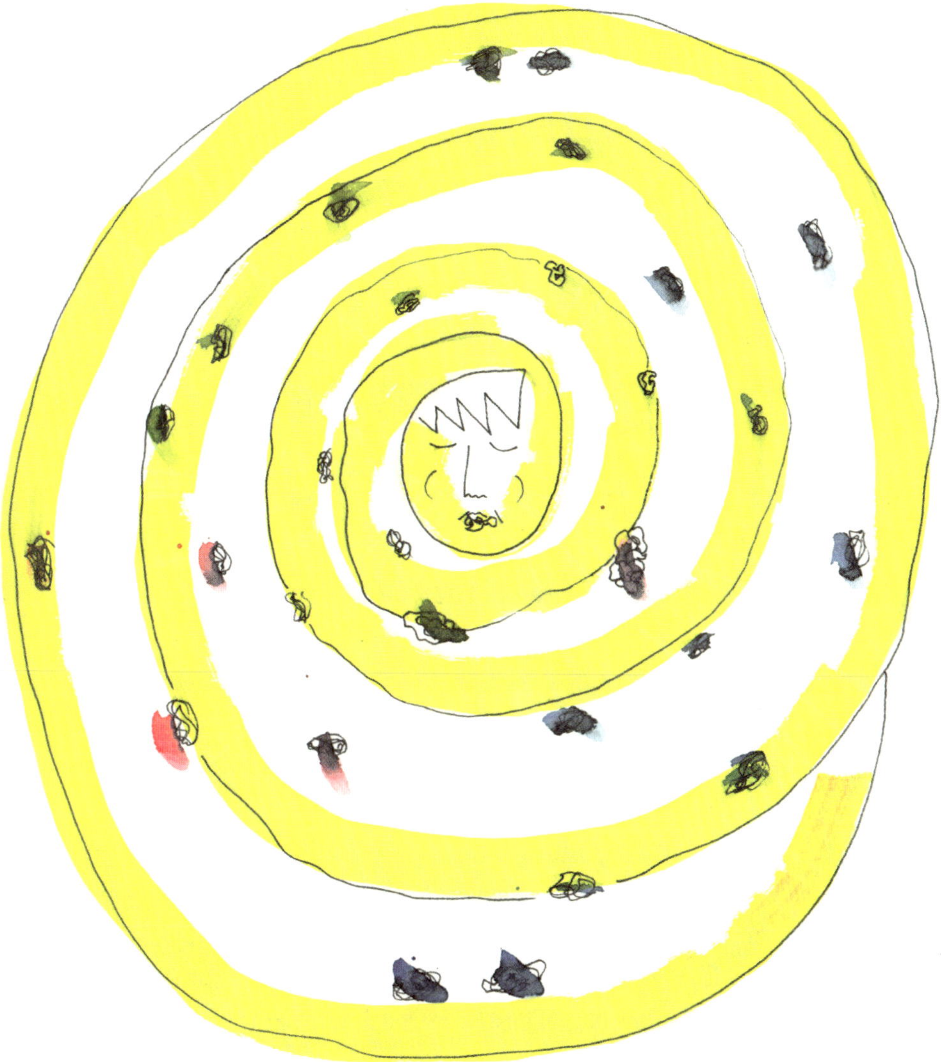

ACHTES KAPITEL

IN DEM FÜR GELD GEARBEITET WIRD, BIS DER KUGELBLITZ EINSCHLÄGT

Ivi ärgerte sich.

Über die Lage, in der sie sich befand.

Über das, was sie hier machen musste.

Aber am meisten: über sich selbst.

Ihre Freundin Julie hatte schon recht: Warum musste sie immer das letzte Wort haben? Immer alles besser wissen?

Warum nur hatte sie dem Frau-Öttinger-Verstand so unbedingt beweisen müssen, dass sie die Schlauere war?

Und jetzt hatte sie den Salat.

Dabei hatte König Futsch erst mal überhaupt nichts wissen wollen von der »noch vernünftigeren« Idee seines neuen Hofratgebers. »Ein Palast aus Brettern? Aus *zusammengenagelten* Brettern noch dazu? Ja, wo kommst du denn her – aus der Falschgelddruckerei?«

Bretter, erklärte er, seien ja schon schlimm genug. »Liegen immer nur faul in der Gegend rum, und wenn man was von ihnen will, verpassen sie einem einen Spreißel. Unbrauchbar, bestenfalls. Aber Nägel erst! Die kennen nichts Schöneres als einem Löcher ins Kleid zu pieksen und einen festzuspießen! Und dann noch einen Hammer? Hämmer sind die übelsten

Rowdys im ganzen Reich, immer nur Draufhauen, Draufhauen, Draufhauen! Die muss man sich möglichst vom Leibe halten!«

Aber dann hatte das Frau-Öttinger-Radio es ihm erklärt, ganz geduldig: Dass die Nägel natürlich immer alles festspießen wollen – aber dass es doch sehr vernünftig wäre, genau das eben mit den faulen Brettern zu machen! Und dass man der Lust der Hämmer am Draufhauen am allerbesten entgeht, indem man ihnen Gelegenheit gibt, auf etwas anderes draufzuhauen: Auf die Nägel nämlich!

Und Ivi hatte dem Radio beim Erklären auch noch geholfen, tztztz. So blöd muss man erst einmal sein, dachte sie.

Denn *natürlich* war es König Futsch und seinen Geld-Untertanen viel zu gefährlich gewesen, ganz vorsichtig und nur zur Probe Bretter, Nägel und Hammer einzufangen und herbeizuschaffen, o nein, o nein!

Das war *natürlich* an der großen dummen Schlenkerpuppe Ivi hängengeblieben. Und sie hatte es auch noch gemacht – weil ihr das Radio leise zugeflüstert hatte: »Wenn du das gut hinkriegst, zeigt dir Ihre Majestät zum Dank ganz sicher den Weg zurück nach Hause! – Ach ja, bevor du gehst: Würdest du mich bitte auf dem Dollar-Häufchen da drüben absetzen? Da kann ich nämlich besser denken!«

Der Frau-Öttinger-Verstand war ein ganz schön verwöhnter feiner Pinkel geworden, dachte Ivi.

Und dann war sie also losgezogen und hatte die Gegend um die Geldküste am Plattensee nach Brettern, Nägeln und

Hämmern abgesucht.

Die meisten verlorenen Dinge sind ja eher klein, Ivi stapfte also wie eine Riesin über die endlosen Krimskrams-Hügel. Trotzdem war auch für sie die Suche kein Zuckerschlecken. Oder eigentlich doch – aber wenn einem dauernd die Bonbons und Kaugummis und Schokoriegel über den Ärmel gekrochen kommen und sich am Hals schon aus ihren Papierchen schälen, um sich einem zwischen die Zähne zu drängeln, hat man vom Zuckerschlecken schnell nicht nur den Mund, sondern auch die Nase voll. Ivi lief schon bald nur noch mit zusammengepressten Lippen herum.

Und sie musste auch zusehen, dass sie in Bewegung blieb. Denn wenn sie sich auch nur kurz nach etwas bückte, fielen sofort Schwärme von Mützen, Klamotten, Schuhen, Nagelfeilen, Handys, Brillen, Büchern, Blockflöten und Briefmarken über sie her und wollten benutzt werden.

Irgendwie doch merkwürdig, dachte Ivi: Die, mit denen sie hier reden konnte, so wie das Frau-Öttinger-Radio oder König Futsch, wollten nie glauben, dass sie keine Puppe, sondern ein Mensch war. Die anderen Dinge dagegen, die nicht redeten und einfach nur so vor sich hinmachten, betrachteten sie offenbar ganz selbstverständlich als Mensch, nicht als Puppe. Oder es war ihnen einfach egal – solange sie nur etwas hatten, an dem sie herumwuseln konnten.

Trotzdem hatte Ivi es irgendwann geschafft, und sie war zurückgekehrt: Mit fünf klappernden Brettern unterm Arm, einer Handvoll munter pieksender Nägel in der Hosentasche und auch einem Hammer.

Der war zunächst kaum zu bändigen gewesen, übermütig hatte er nach Ivi ausgeschlagen und auch zweimal gegen ihre Stirn geklopft wie ein Eisenspecht. Da hatte sie ihn einfach in ihren Gürtel gesteckt, und so gefesselt konnte er nicht mehr viel anrichten.

Bei ihrer Ankunft hatte das Geld vor ihr kreischend Reißaus genommen wie vor einem Zirkusdompteur, der eine Horde Raubtiere durch die Stadt spazieren führt. Der ganze Geldscheinpalast, inzwischen schon wieder weit höher als Ivi, zitterte wie Espenlaub. Sogar König Futsch hatte sich verschanzt, hinter dem Bügeleisen, das er inzwischen als eine Art Haus- und Hof- und Wappentier betrachtete.

»Ha...halt, Schlenkerpuppe!«, rief er ängstlich aus seinem Versteck. »E...erst mal da stehen bleiben. Lass uns mit diesen Rowdys j...j...ja nicht allein!«

Sie als die große starke Beschützerin - das hatte Ivi gar nicht mal so schlecht gefallen.

Und darum hatte sie sich dann auch noch bereit erklärt, den mörderisch gefährlichen Aufbau des allerersten Brettergestells in der Geschichte des Reichs der verlorenen Dinge vorzunehmen.

Sie legte also zwei Bretter auf die Kante, und zwar so, dass sie zusammen einen rechten Winkel bildeten. Dann fingerte sie aus der Hosentasche einen Nagel. Schon bei seinem Anblick war die Spannung in der Geldmenge so groß, dass man den Nagel hätte fallen hören können.

Aber er fiel nicht, Ivi hielt ihn gut fest und dirigierte ihn zu der Stelle, an der die zwei Bretter zusammenstießen. Als sie noch eine Handbreit davon entfernt war, sprang ihr der Nagel richtiggehend aus den Fingern, wie von einem Magneten angezogen, und bohrte seine Spitze in das Brett. Raunen und Aufstöhnen überall!

Doch der wahre Schrecken kam jetzt erst: Der Auftritt des Hammers.

Ivi zog ihn vorsichtig aus dem Gürtel, da fielen schon die ersten Geldscheine in Ohnmacht. Sie holte aus, der Hammerkopf nickte heftig vor Erwartung. Die Geldmenge schrie auf!

Und dann riss sich der Hammer aus Ivis Hand los, noch bevor sie zuschlagen konnte, warf sich im Sturzflug auf den Nagel und schmetterte ihn mit einem krachenden Schlag bis zum Kopf ins Brett!

Es folgte Stille. Die Scheine standen nur in dichten Bündeln da, ungläubige Begeisterung auf ihren Gesichtern.

Dabei stand ihnen Ivis wirkliches Meisterstück noch bevor: Sie sah, dass der Hammer jetzt nicht mehr zu bremsen war und schnell ein neues Draufhau-Ziel her musste, bevor er noch irgendwelchen Schaden anrichtete.

Also zog sie blitzschnell mit beiden Händen, wie ein Revolverheld aus dem Wilden Westen: mit der Linken ein weiteres Brett – und mit der Rechten einen Nagel aus ihrer Tasche. Beides platzierte sie in einer einzigen Bewegung genau so, dass der Hammer mit einem weiteren satten

Schlag aus dem Bretterwinkel ein Bretter-U machen konnte.

Und dann holte sie noch die beiden letzten Bretter dazu, legte sie auf das liegende U und lieferte dazu im Sekundentakt immer weiter neue Nägel. Nach weiteren zehn Hammerschlägen stand in der Mitte der atemlosen Geldmenge – ein tadelloses Holzpodest!

Zum Abschluss fing sie noch den Hammer ein, der schon wieder mit Schwung an ihr vorbeischnellen wollte, und pflanzte ihn resolut in den Boden neben das Podest. So konnte er nicht mehr herumhüpfen und draufhauen, fürs Erste jedenfalls.

Dafür hüpfte jetzt König Futsch herum, und zwar auf dem niegelnagelneuen Podest! Keiner wusste, wie er da so schnell raufgekommen war, aber da war er und rief der immer noch starrenden Geldmenge zu: »Sechsmal abgebranntes Fundbüro noch mal, das gibt es doch nicht! Das ist richtig festgenagelt! Das wird der Grundstein für das größte Wunder, das dieses Reich je gesehen hat: Ein Palast, der nicht einstürzt!«

Und nun brach ein Jubel und Beifallrascheln und Klimpern unter den Scheinen und Münzen los, wie ihn noch keiner gehört hatte. »Sagenhaft, ein Palast aus Brettern!«, schwärmten sie, und: »Was man mit diesen Dingen alles machen kann, unglaublich!«

Und bald schon stimmten sie auch wieder große Chöre zu Ehren ihres Königs an:

»Dieser Palast wird unser Stolz
Ohne Schein, dafür mit Holz

Diesem Palast droht nie ein Putsch
Der bleibt da, denn der ist von Futsch!
Vom allerwertvollsten König Futsch!«

Was sie natürlich sofort wieder vergessen hatten, war, dass sie ihre glorreiche neue Errungenschaft einzig und allein Ivi zu verdanken hatten. Aber die war auch schon längst mit zwei, drei großen Schritten aus der Menge beiseitegetreten.

Dieses ewige Chorgebrüll ging ihr allmählich ziemlich auf die Nerven.

Und fürs Nach-Hause-Kommen hatte Ivi ihre Heldentat rein gar nichts gebracht.

Im Gegenteil.

Gleich hatte sie wieder ausrücken müssen, um neue Bretter und Nägel heranzuschaffen. Damit das Podest möglichst schnell ein zweites Stockwerk bekam. Und dann noch eins und noch eins und noch eins, König Futsch wollte ja nicht nur irgendwo oben drauf stehen. Er wollte auch weithin zu sehen sein, bis ins hinterste Eck seines Reiches! Sonst wäre er doch gar kein richtiger König!

Dass Ivi Bretter in allen möglichen Größen, Formen und Farben heranschleppte und sein neuer Palast krumm und schief und nach Note 5 im Werkunterricht aussah, störte den König überhaupt nicht. Hauptsache, alles war festgenagelt und fiel nicht um – dieses Wunder verzückte König Futsch und sein Geldgefolge immer wieder aufs Neue.

Und dann wollte er noch einen Anbau, für die zweit- und

drittwertvollsten Geldscheine, die Hunderter und Tausender! Die wollten nämlich höher stehen als die kleinen Fünfer und Zehner, war ja klar! Von dem unvornehm scheppernden Kleingeld ganz zu schweigen!

Nicht zuletzt gab es jetzt auch ein eigenes Zustellregal für den wichtigsten Berater Ihrer Majestät, das Frau-Öttinger-Radio. Jedes Mal, wenn Ivi eine neue Lieferung Bretter und Nägel herbeigeschleppt hatte, besuchte sie das Radio dort. Mit behaglich gegen die Seitenwand gelehnter Antenne saß es auf seinem erhöhten Sitz.

»Und?«, fragte Ivi dann immer, »hast du den König jetzt endlich gefragt, wie man hier rauskommt?«

Aber das Radio antwortete immer ausweichend: »Noch nicht« oder »Erst bei passender Gelegenheit« oder »Nicht vor Vollendung des siebten Stocks«.

Oder es beschwichtigte Ivi: »Du musst doch die Bretter nicht mal mehr selber aufbauen! Sieh doch, der Hammer macht das jetzt ganz von alleine. Ein richtig ordentlicher Helfer des Geldes ist er geworden!«

»Ja, solange man ihm neue Bretter zum Nageln liefert«, murrte Ivi. »Solange *ich* liefere!«

»In der Tat, und wenn du weiterhin so ein guter Helfer des Geldes bleibst, wird Ihre Majestät sicher auch bald *dir* helfen.«

So ist das also, wenn man für Geld arbeitet, dachte Ivi. Immer ist alles nur bald und nie etwas jetzt.

Andererseits, überlegte sie weiter, das Bretter- und Nägelsammeln selbst war eigentlich gar nicht so schlecht. So konnte sie sich wenigstens allein und in aller Ruhe umsehen. Inzwischen kannte sie die Gegend um den Plattensee schon richtig gut! Und sie hatte auch immer noch nicht die Hoffnung aufgegeben, den Armen Bär wiederzufinden …

Meistens kraxelte sie erst einmal rechts von den Münztürmen drei große Haufen hoch, die vor allem aus Kanistern, Blumentöpfen und schlappen, kaputten Luftmatratzen bestanden. Die wollten von Ivi alle nichts wissen, sie konnte also oben ganz gemütlich Rast machen und den Rundblick über den Plattensee und die umliegenden Hügel der Dinge genießen. Da passierte immer etwas Spannendes!

Einmal hatte sie zum Beispiel einer Bande Murmeln bei einer Schusser-Partie zugesehen. Wie die bunten Glaskugeln kreuz und quer durcheinanderflogen, sich gegenseitig anstießen und wegschossen, das war zirkusreif! So gut kriegten das nicht einmal Nico und Flori hin, und das waren die besten Schusserspieler an der Schule!

Oder einmal, als sich Pfefferstreuer und Salzstreuer begegneten, und der eine schüttete seinen Pfeffer in das Salz und der andere dann wieder alles zurück und immer so fort, bis daraus ein einziges Pfeffersalz geworden war: Wie die beiden sich dann freuten, richtig süß fand Ivi das.

Und es gab auch immer tolle Kämpfe: Stifte gegen Radiergummis auf Papier! Putzlappen gegen Sprühflaschen auf

Plastiktablett! Reißnagel gegen Klebepflaster auf Fahrradschlauch!

Anschließend schlenderte Ivi am liebsten gemütlich bergab, bis sie zu einem großen Feld von Regenschirmen kam. Da musste sie aufpassen, die schnappten nämlich bei der kleinsten Berührung auf, und ihre Dächer schossen hoch wie Riesenpilze in allen Farben und Mustern.

Dahinter musste Ivi an einem Rechen vorbei, der alles um sich herum zu ordentlichen Haufen zusammenrechte. Aber mit ein paar geschickten Hüpfern wich sie seinen schrappenden Metallfingern aus. Da zahlte sich das ewige »Himmel und Hölle«-Gehüpfe in der Pause mal aus! (Julie machte das so wahnsinnigen Spaß, Ivi fand's ja auf Dauer eher langweilig ...)

Gleich unterhalb der Rechenhaufen stand eine enorme Pappschachtel, in die kroch Ivi dann hinein. Sie hatte eine alte, kratzige Wolldecke hineingelegt, die einen zum Glück nicht gleich so zudringlich einwickelte, dass es einem die Luft abdrückte. Und mit der deckte sie sich bis über die Ohren zu.

Schön ruhig hatte sie es dann. Und endlich auch dunkel.

In einem hatte der Frau-Öttinger-Verstand nämlich recht gehabt: Im Reich der verlorenen Dinge verging die Zeit nicht. Und darum kriegte Ivi nicht nur nie Hunger oder Durst oder fühlte sich müde, es wurde auch nie Nacht. Wie denn auch, ohne Sonne! Und ohne Himmel! Und ohne Wetter! Das Einzige, was in dieser Welt von oben kam, waren die Ladungen verlorener Dinge, die ab und zu durch die Weichen Stellen herunterplumpsten. (Eine Stelle war übrigens gar nicht weit entfernt, gleich hinter der Senke, wo die Zahnbürsten-Bande immer den vorbeikommenden Zahnpastatuben auflauerte.)

Ansonsten blieb alles gleich hier, immer derselbe Dingebetrieb, und immer herrschte dasselbe gleichmäßige trübe Licht. Wo kam *das* eigentlich her?

Ivi wusste es nicht. Aber, und da kam sie immer erst darauf, wenn sie in der dunklen Kiste lag: Wetter, Sonne, Nacht, ja sogar Hunger, Durst und Müdigkeit, das alles vermisste sie so sehr, dass es wehtat. Genauso wie ihr Zuhause, ihre Mama und ihren Papa.

Wenn sie mit den Gedanken an dieser Stelle angekommen war, versuchte sie sich gleich abzulenken, bevor sie zu traurig wurde. Oft überlegte sie dann zum Beispiel, wie sie ihre verlorenen Dinge finden könnte. Und auch jetzt malte sie sich wieder aus, was ihr Vater für Augen machen würde, wenn sie ihm mit einem Schlag die ganze Verschlamper-Sammlung präsentierte: »Hier Papa, weil du immer so ärgerlich auf mich warst, habe ich meine verlorenen Sachen gesucht – und« – hier würde sie eine große Geste machen, vielleicht wie ein Zauberer ein Tuch wegziehen oder etwas Ähnliches: »Tata: die verlorenen Sachen! Alle gefunden! Ich bin also gar nicht so schlimm, wie du immer sagst. Gib's zu!«

Das war immer ihr liebster Moment: Wenn sie sich sein Gesicht vorstellte. Sie wusste gar nicht so genau, wie er dreinschauen würde, weil ihr Papa sich nämlich nie von etwas überraschen ließ. Oder zumindest tat er so.

Vielleicht sollte sie ihm ja die verlorenen Dinge zeigen, wenn er gerade den Mund voller Erbsen hatte, so wie damals Julie, als Ivi ihr beim Essen ihre allerbeste Grimasse gezeigt hatte, und dann kamen die Erbsen alle heraus vor Überraschung, plopploploplopp. Ha! Darauf freute sie sich schon sehr.

Und warum sollte sie die Sachen auch nicht finden? Sie mussten hier ja irgendwo herumliegen.

Was war das also gleich wieder alles? Ihr fiel ein, dass sie noch die Liste in ihrer Hosentasche hatte. Sie zog sie hervor, faltete sie auseinander und las:

1. Rot-weiß geringelte Strickmütze
2. Schiffstift
3. INDIANERTASCHE
4. Papas Zehner
5. Roter Handschuh mit blauen Schneeflocken drauf
6. Grüne Glitzerohrringe
7. Jo-Jo mit Blinklicht

Lustig, genau sieben Sachen, das war ihr vorher noch gar nicht aufgefallen. Ihre Siebensachen! Das sagte ihre Mama immer, wenn sie übers Wochenende zur Großmutter fuhren: »Komm Kind, pack deine Siebensachen.« Womit sie nicht meinte, dass Ivi wirklich genau sieben Sachen packen sollte, obwohl das Ivi am Anfang gedacht hatte und dann immer lange überlegen musste, ob sie jetzt die Zahnbürste daließ oder doch lieber das Rätselheft, weil es sonst acht Sachen gewesen wären. Inzwischen hatte Ivi schon kapiert, dass »Siebensachen« nur eine Redewendung war. Man rutschte ja auch nicht wirklich jemandem den Buckel runter, nur weil der es sagte. Und wenn man Angst hatte, flatterte ja auch nicht tatsächlich das Hemd – obwohl: In diesem beknackten Land hier vielleicht schon!

Hm.

Jedenfalls war Ivi bislang keine einzige von ihren Siebensachen über den Weg geflattert. Ganz zu schweigen vom Armen Bär – nicht zu fassen, da war sie schon im Reich der verlorenen Dinge, und trotzdem war es ihr gelungen, noch mal jemand zu verlieren!

Tja, vielleicht doch kein so toller Ablenkungs-Gedankengang. Führt aus der Kummer-Kiste nur direkt in die Grübel-Grube.

Trotzdem: Immer noch besser hier in der Kummer-Kiste, als die ganze Zeit zusehen zu müssen, wie dieser Spielgeld-König mit seinen aufgemalten 33 Nullen sich auf seiner lachhaften Note-5-Palastbaustelle aufführte, als wäre er der Kaiser von China!

Das war nun allerdings ein hervorragender Gedanke, denn er führte Ivi zu wirklich ablenkenden Fragen.

Nämlich: Konnte es wahr sein, dass ausgerechnet dieser kleine Schnipsel Scherzgeld den Weg hier raus wusste? Nur weil der Rest des Geldes ihm gehorchte?

Und woher nur kam ihr dieser König Futsch so bekannt vor?

Aus einem ihrer Brettspiele sicher nicht, das wusste sie, da sahen die Geldscheine ganz anders aus. Und auch bei denen ihrer Freunde. Aber irgendwie war es bei ihr zu Hause gewesen, wenn sie sich nur erinnern könnte …

Auf jeden Fall hatte sie in letzter Zeit immer, wenn sie mit dem König zu reden kam, jede Ecke des kleinen Geldscheins ganz genau studiert. So genau, dass der mächtige Herrscher manchmal vor Verlegenheit rot anlief und das Gespräch schnell beendete.

Besonders eine Einzelheit interessierte sie: Die 33 krakelig aufgemalten Nullen.

Und beim letzten Mal hatte sie tatsächlich gleich hinter der allerletzten Null etwas entdeckt, in winzig kleiner Schrift: Das Wort »REICH« – und ein Ausrufezeichen!

Klar, vielleicht war das auch nur ein Hinweis für die ganz Doofen: Dass derjenige, der diesen Geldschein besitzt, »REICH!« ist.

Aber das glaubte Ivi nicht. Sie war davon überzeugt, dass davor, unter den 33 aufgemalten Nullen, noch etwas anderes stand. Womöglich der Name des Spiels, und dessen letztes Wort war »REICH!« - wie könnte dieser Name also lauten …?

»Gefahr fürs Reich!« »Alle herhören: Gefahr fürs Reich!«

Ivi schreckte hoch. Stimmt, so könnte das Spiel heißen – aber das hatte sie ja nicht mal selbst gedacht: Das hatten welche geschrien!

Von weit weg, von oben!

Sie zog die Wolldecke ein Stückchen beiseite und lugte

aus dem Pappkarton hinaus: Hinter den Drei Haufen stiegen über dem Plattensee wieder Geschwader von springenden Münzen auf, so wie bei ihrer eigenen Ankunft mit dem fliegenden Quirl, und sie schrien immer lauter: »Achtung, Achtung, Gefahr fürs Reich! Alarm für alle! Auch für die große Schlenkerpuppe!«

Von wegen Reich, dachte Ivi. Denen geht's sicher wieder nur ums Geld, dass der Palast zu schief zusammengenagelt ist und gleich umfällt oder sowas.

Trotzdem stieg sie aus der Pappschachtel, trabte den nächsten der Drei Haufen hoch – und erkannte sofort, dass die Lage doch ein wenig ernster war.

Links lag der neue Königspalast, der eigentlich nur aussah wie ein Bücherregal, aber immerhin stattliche drei Meter hoch war. Auf dem obersten Regalbrett stand König Futsch und ruderte wild mit den Ecken, auf allen unteren Stockwerken und am Boden raschelte und wirbelte das Geldfußvolk in hellem Aufruhr herum.

Geradeaus vor ihr sah Ivi das Ufer des Plattensees, gesäumt von den längst wieder aufgeschichteten Wehrtürmen der Münzen. Sie befanden sich ganz klar im Gefechtszustand: Am Boden strömten immer neue Kleingeldtruppen herbei und drängten sich unten in die Türme hinein, damit diese nicht an Höhe verloren. Währenddessen schnalzten sich auf der Spitze der Türme pausenlos neue Abwehrgeschwader nach oben. Die Luft über dem Plattensee war richtig silbern und kupferrot von ihnen. Doch ihre Sprünge waren zu kurz, sie stürzten alle schreiend und klimpernd zu Boden, bevor sie die große Bedrohung erreichen konnten.

Und die befand sich rechts – auf dem Plattensee.

Dort lag ein enormer Ball aus umeinander verwickelten Hosen, Pullovern, Socken, Kleidungsstücken aller Art. Man muss bedenken: Für eine Münze war er so groß wie für uns ein kugelrunder Riesen-Godzilla!

Und hinter diesem Ball tummelte sich eine Horde von etwa zwanzig äußerst aufgekratzten Fußballschuhen. Offensichtlich, dachte Ivi, hatten sie sich den Ball über den ganzen Plattensee gegenseitig zugekickt – auf so einem glatten Boden lief die Kugel natürlich auch prächtig, etwas Schöneres gab es ja für Fußballschuhe kaum.

Bis der Ball vor den Geldtürmen gelandet war, mit dem großen Königspalast-Regal dahinter. Ein besseres Ziel für einen sauberen Torschuss gab es wahrscheinlich im ganzen Reich der verlorenen Dinge nicht.

Ivi begriff sofort, was die Fußballschuhe vorhatten. Sie sammelten sich ja auch schon alle einige Meter hinter dem Stoffball und tippelten freudig und nervös, wie ein Meisterschütze vor einem gewaltigen Freistoß.

Für einen Moment dachte Ivi: Sollen sie doch. Sollen sie doch diesen albernen Palast zusammenpfeffern, auf den sich dieser angeberische König Futsch so viel einbildet. Aber nein, dann ging sicher alles wieder von vorne los! Ivi würde den Palast wieder aufbauen müssen! Und vor lauter Geheule und Gezeter würde sie nie herauskriegen, wie sie endlich von hier wegkam!

Als sie sich das vorstellte, lief Ivi los.

Und die Schuhe liefen auch los, alle gleichzeitig.

Ivi rannte den Hang des Haufens hinunter, fast wäre sie gestolpert –

Und die Schuhe holten aus –

Und Ivi sprintete auf den Plattensee zu –

Und die Schuhe kickten den Ball, alle gleichzeitig –

Und der Stoffball sauste wie ein Kugelblitz hoch auf den Königspalast zu –

Und Ivi hechtete an den Münztürmen vorbei, wie ein Torwart –

NEUNTES KAPITEL

IN DEM ES ZU EINER ZIEMLICH WICHTIGEN ERKENNTNIS KOMMT

Kopfüber kopfunter kopfüber kopfunter kopfüber kopfunter kopfüber kopf… Stillstand.

Aber nicht Stille.

Unter Ivi spielte Musik.

Sie hatte den Stoff-Superball im Flug erwischt und war mit ihm haarscharf an den Münztürmen entlang über den Plattensee gekugelt, bis sie zum Stehen kamen.

Ivi lag unter dem Ball auf den sich unermüdlich weiterdrehenden Schallplatten. Direkt neben ihrem Kopf balancierte eine Nähnadel auf einer Plattenrille, und so konnte Ivi das Lied hören, durch das die Nadel gerade surfte. Aber weil das ganze Gewicht von Ivi und dem Ball darauf lag, tat sich die Platte sehr schwer beim Drehen, und darum klang das Lied so: »«Noooüünuuundnoooüünzüüch Luffffffb-b-b-alllonnnngs-s-s, au-u-ufff üüüühröm Wööög zu-u-uum Hooorüzon-n-n-tttt …«

Dazu sah Ivi aus dem Augenwinkel, wie die Horde Fußballschuhe enttäuscht über den Plattensee davonklackerte. Ivi hatte ihren tollen gemeinsamen Torschuss zunichte gemacht und die Münztürme und den Königspalast gerettet.

Sie war eine Retterin! So albern die ganze Bedrohung war

und so sehr ihr das eigentlich gegen den Strich ging – Ivi musste doch zugeben, dass sie schon ein bisschen stolz auf sich war, so als »Elfmetertöterin«. Ihr Vater wäre es sicher auch gewesen. Er hatte Ivi oft am Wochenende zu einem Fußballspiel mitgenommen. Das war früher gewesen, als sie noch klein war und ihre Eltern noch nicht den Schraubenladen hatten. Ivi freute sich immer mit ihrem Vater, wenn seine Mannschaft ein Tor schoss, weil ihn das so glücklich machte. Aber dann übernahmen die Eltern den Schraubenladen, und der Vater hatte keine Zeit mehr für Fußball. Und für Ivi auch nicht mehr so viel. Und die Platte unter ihr gähnte ganz jämmerlich: »Haaaast duuuu ööööötwooos Zzzzaaaaaiiit fööör müüüüch ...?«

So ist das manchmal. Da schafft man etwas Tolles, und dann wird man darüber auf einmal irgendwie traurig.

Aber da kam die jubelnde Geldmasse herbeigestürmt. Alles scharte sich um Ivi, gratulierte ihr mit viel Geknitter und Gerolle und bestaunte ehrfürchtig den mächtigen Stoff-Kugelblitz, den sie erlegt hatte. »Sie liegt ja immer noch drunter!«, riefen sie bestürzt durcheinander. »Der erdrückt die Schlenkerpuppe ja noch!«

Da konnte Ivi das liebe Geld gleich beruhigen. Sie gab dem Stoffball einen kleinen Schubs, und er rollte ohne Weiteres von ihr herunter. Schließlich bestand er ja nur aus zusammengeknüllten Klamotten.

Das Geld war dennoch schwer beeindruckt, insbesondere

die Scheine. Einige stimmten nun sogar einen ihrer unvermeidlichen Chöre zu Ivis Ehren an:

»Die Schlenkerpuppe
Aus der Ballfanggruppe
Preisen wir unentwegt
Denn die Schlenkerpuppe
Aus der Ballfanggruppe
Hat den Ball erlegt!«

»Danke, das war nicht schlecht!«, rief Ivi ihnen zu. Ausnahmsweise, dachte sie. Aber hoffentlich hat das alles auch der König mitbekommen! Damit er weiß, bei wem er sich zu bedanken hat!

Ach ja, da kam er schon angefahren – auf seiner neuesten Errungenschaft: einem eigenen Gefährt, bestehend aus einer Bankomaten-Plastikkarte und darunter zwei Reihen rollenden Münzen als Räder. Der König grüßte huldvoll nach rechts und links in die Geldmenge, und das Frau-Öttinger-Radio wurde am Kabel hinterhergezogen.

Aber noch viel schneller galoppierte das gute alte Bügeleisen heran, es wedelte wieder mit dem Kabel wie ein Hund, offenbar vor Wiedersehensfreude! Ivi breitete gerührt die Arme aus, um es in Empfang zu nehmen.

Doch es preschte geradewegs an ihr vorbei. Und sprang stattdessen aufgeregt den Stoff-Superball an! Es zerrte mit seiner Eisenschnauze richtig an den äußeren Kleiderschichten herum!

Ivi lachte auf. Sie verstand schon. »Ja klar, das ist was für dich! Du möchtest mal wieder richtige Klamotten bügeln! Nicht immer nur Geldscheine, stimmt's?«

Das dachten die Kleider auf dem Ball offensichtlich auch, sie schälten sich in Scharen herunter und suchten schleunigst das Weite. Aber seltsam, das Bügeleisen schenkte ihnen gar keine Beachtung, ganz anders als damals bei Ivi. Es schien etwas Bestimmtes zu suchen, als hätte es Witterung von einem vertrauten Geruch aufgenommen!

»Zum sechsmal explodierten Bankomat noch mal! Wo warst du denn so lange? Das war knapp, alte Schlenkerpuppe!«, tönte da König Futsch in Ivis Rücken.

Das klang ja schon wieder unerfreulich. Ivi drehte sich um. Der König stand mit seinem Thronwagen genau vor ihr. Die Münzräder unten dran keuchten erschöpft, ihnen war schwindelig vom vielen Rollen.

»Ja«, antwortete Ivi leicht gereizt, »das war knapp. Und ich finde, dafür bist du mir ein bisschen was schuldig!«

Der Frau-Öttinger-Verstand begriff gleich, worauf sie hinauswollte und warf von hinten ein: »Also, ich weiß ja nicht, ob das jetzt der richtige Zeitpunkt ...«

»Wie, ›schuldig‹?«, dröhnte König Futsch dazwischen. »Meine liebe Schlenkerpuppe, du sprichst hier mit einem Geldschein. Dem größten aller Geldscheine noch dazu. Wie könnte Geld irgendjemandem was schuldig sein, hm?«

Ivi stutzte. »Wie meinst du das jetzt schon wieder?«

Der König grummelte ärgerlich. »So was von dinglichem Unverstand. Mit uns schafft man höchstens eine Schuld aus der Welt! Wir sind sozusagen die Un-Schuld selbst! Wir sind die …«

Platsch! Da landete mitten in seiner königlichen Visage ein Handschuh. Der war von dem Stoff-Superball heruntergesprungen und auf seinen Fingern in wilder Flucht vor dem Bügeleisen davongeprescht. Der König ruderte mit den Ecken, um das Gleichgewicht zu halten, aber es nutzte nichts. Er fiel um.

Ivi musste leider etwas schadenfroh kichern. Und auch durch die umstehenden Geldscheine ging eine verstohlene kleine Keckerwelle.

Der König rappelte sich wieder hoch und warf allen giftige Blicke zu. Die Gelder erstarrten augenblicklich, und auch Ivi hielt sich schnell die Hand vor den Mund. Betont würdevoll überprüfte der König, ob er auch keinen Riss davongetragen hatte und alle Ecken schön spitz waren.

Dann widmete er sich ganz seinem königlichen Zorn: »Ihr wertlosen Leibscheine und Majestätsschützer! Haltet gefälligst diesen üblen Fingerling! Sonst lasse ich den Scheinen eine Null streichen und die Münzen einschmelzen!« Sein Schnauzbart zitterte an den Enden.

Bei dieser Drohung erschauerte das gesamte Geld, dass es nur so klapperte und klackerte und raschelte. Sofort positionierten sich die Münztürme und ließen Geldstücke auf den Handschuh prasseln. Kurz darauf lag der zuckend am Boden, niedergehalten von Kupfergeld-Häufchen auf seinen Fingerspitzen.

Zwei Zwanziger-Scheine nahmen den Handschuh an Daumen und kleinem Finger hoch und führten ihn vor den König. Der rotgestrickte Delinquent ließ schuldbewusst die Finger hängen, und seine aufgestickten blauen Schneeflocken pochten, aufgeregt wie kleine Herzen.

So jämmerlich stand er nun vor dem König, der ihn aus zugekniffenen Augen musterte. »So. Was mache ich nun mit diesem Handlanger des Bösen? Wie zahle ich es diesem verstrickten Übeltäter heim, der es wagt, den König umzurennen?« Er würde Ivi schon zeigen, wer hier der Bestimmer war.

»Auftrennen«, kam es trocken von weiter hinten. Das war der Verstand von Frau Öttinger.

Der Handschuh begann zu zittern wie Espenlaub. Er tat Ivi richtig leid. Der arme rote Kerl mit den aufgestickten blauen Schneeflocken. Moment mal … ! Das war doch …

Ein Freudenjuchzer entfuhr Ivi: »Das ist *mein* Handschuh! Den ich wieder finden wollte!« Sie nahm den Handschuh an sich und befühlte ihn noch einmal genauer.

»Klar, keine Frage, das ist der Handschuh, den mir meine Oma geschenkt hat! Innen schön warm gefüttert, damit mir beim Rodeln nicht die Finger abfrieren!«

»Deine Oma?«, fragte der König argwöhnisch. »Meinst du die, die dich gemacht hat? Oder wie kommt eine Schlenkerpuppe zu einer Oma?«

»Ich bin keine Schlenkerpuppe, ich bin ein Mensch«, berichtigte Ivi ihn mal wieder, diesmal aber ganz freundlich.

Sie wollte jetzt keinen Streit. Sie wollte nur ihren wiedergefundenen Handschuh anziehen. Er schmiegte sich gleich ganz weich an ihre Finger.

»Du meine Güte, Ivi, nun hör doch damit auf«, wiegelte das Radio ab, denn der König war schon wieder drauf und dran, auf Ivi einzudonnern. »Das führt doch zu ...«

»Händige den Halunken sofort wieder an meine Leibscheine aus! Der Ehre ist noch nicht Genüge getan!« Der König hopste jetzt wütend auf und ab.

»He, da ist was drin!«, rief Ivi aus. Sie zog sich gerade den Handschuh an, da konnte der König hopsen, soviel er wollte. »Hier! Im Mittelfinger!« Sie zog ihn wieder aus, drückte den Mittelfinger nach innen, hielt die Hand unter die Öffnung – und etwas fiel hinein. Etwas ganz klein Zusammengefaltetes.

»Das wird ja immer besser«, kommentierte König Futsch. »Erst Gefangenenbefreiung und jetzt Gefangenenumstülpung!«

Aber da juchzte Ivi schon wieder los, denn sie hatte das Etwas auseinandergefaltet: »Da ist er ja! Der Zehner von meinem Papa!« Sie klatschte sich laut mit der Hand an die Stirn: »Klar, jetzt weiß ich wieder: Den hab ich in meinen Handschuh gesteckt, damit ich ihn ja nicht verliere! Und dann hab ich den Handschuh verloren, ich dumme Kuh!« Sie lachte ausgelassen und wedelte mit dem Geldschein über ihrem Kopf.

»Jetzt hält sie sich auch noch für eine Kuh«, beobachtete das Frau-Öttinger-Radio beunruhigt.

»Und zur Oma will sie auch noch einen Papa haben«, knurrte der König. »Diese Schlenkerpuppe ist durchgedrehter als eine kaputte Banknotenpresse!«

»Bi-bitte au-au-aufhören, I-Ivi«, röchelte der Zehner. »Mi-mir wird gleich sch-sch-schlecht ...«

»Oh, tut mir leid.« Ivi ließ das Wedeln. »Tja, bin eben doch keine solche Schlamperin.« Sie lächelte zufrieden und strich den Geldschein sorgsam glatt.

»Moment«, ließ sich da der König vernehmen. Seine Stimme klang auf einmal anders, irgendwie belegt. Er räusperte sich. »Ähem. Du da, du Zehner da.«

Der hatte sich kaum einigermaßen erholt, da fing er gleich wieder an zu zittern: »Ja wie ... das kann doch nicht sein – seid Ihr es? Ich hab ja drüben in der anderen Welt immer nur von Euch reden hören, gibt es Euch wirklich? Aber ja, ich sehe ja die 33 Nullen ... Ihr seid der 500-Quintilliarden-Schein – Ihr seid ...« Er erstarrte.

»Jaja«, König Futsch winkte ungeduldig ab, »der wertvollste Geldschein aller Zeiten, Ihre Majestät König Futsch undsoweiter, ist ja jetzt egal ... Sag mir eins, Untertan: Du kennst diese Schlenkerpuppe da?«

Der Zehner konnte zunächst nur stumm nicken vor Ehrfurcht. Dann presste er hervor: »J-ja, Eu-Eure Majestät. Ich kenne diese Schlenkerpuppe. N-nur dass sie ...« Er musste schlucken. »... gar keine Schlenkerpuppe ist, Eure Majestät. Ich bin ihr von ihrem Vater gegeben worden, damit sie sich Schulhefte und ein Geo-Dreieck kaufen kann. Sie heißt Ivi und ist ein M... M...«

»...ein Mensch«, vollendete das Frau-Öttinger-Radio erschüttert.

Ein Raunen und Rascheln ging wie eine Windböe durch die Geldmenge, die um Ivi und das königliche Gefährt herumstand.

König Futsch schüttelte nur seinen runden Kopf mit dem Zylinderhut. »Na, ich weiß nicht«, schnarrte er skeptisch. »Dieser Zehner da scheint mir ziemlich durcheinander. Nicht sonderlich glaubwürdig. Vielleicht ist er sogar ... Falschgeld? Und gar kein echter Geldschein?!«

»Kein echter Geldschein!«, lachte Ivi auf. »Da musst du ja gerade reden!«

Doch der König beachtete sie gar nicht. »Seht sie doch an«, wandte er sich an seine Untertanen. »Gut, sie hat allerhand von einem Menschen an sich. Und allerfuß und allerkopf auch und alles, was sonst so dazu gehört. Aber wir sind hier doch im Reich der verlorenen Dinge! Der DINGE, wohlgemerkt! Wie soll da ein Mensch ...«

»Und ob die ein Mensch ist!«, quiekte jemand dazwischen. Von weit hinten, da, wo eben noch der Stoff-Superball gewesen war.

Die Geldmenge fuhr herum, als hätte sie ein Laubbläser angefaucht.

Vor Ivi hüpfte das Bügeleisen eifrig auf und ab, wie ein braver Hund, der gestreichelt werden möchte.

»Was ist denn mit dir los?«, fragte Ivi, woraufhin das

Bügeleisen noch aufgeregter hüpfte und mit der Spitze hinter sich deutete.

Eine kleine Gestalt stapfte heran. Im Gehen riss sie sich wütend Schichten von Mützen, Hemdchen, Hosen und Socken vom Leib. Und als sie endlich eine letzte Baseball-Kappe mit dem Aufdruck »Super-Team« von sich geschleudert hatte, erkannte Ivi, um wen es sich handelte. Ihr wurde ganz heiß vor Freude.

»Armer Bär!«, schrie sie. »Da bist du ja!«

Das Bügeleisen sprang jetzt hoch wie verrückt.

»Das hast du gut gemacht! Ein ganz Braver bist du!« Ivi kraulte das Bügeleisen oben an der Sprühtaste. Dann breitete sie ihre Arme aus für den Armen Bär, damit er hineinspringen konnte. Aber der dachte gar nicht daran.

»Jawohl, ein Mensch ist die«, wiederholte der Arme Bär unbeirrt, »und zwar ein ganz gemeiner!«

Er blieb in der Geldmenge stehen und verschränkte beleidigt die kurzen Fellarme vor der Brust. »Ein gemeiner Mensch, der sich nicht um sein Stofftier kümmert und mich kreuz und quer in so einer Riesenkleiderkugel herumkollern lässt! So eine ist die!«

Ivi strahlte. Guter alter Armer Bär, immer noch derselbe. So lange waren sie noch nie getrennt gewesen!

Sie ging in die Knie und fragte ganz lieb zu ihm hinüber: »Magst du nicht vielleicht trotzdem auf den Arm? Hoch?«

»Pah«, machte der Arme Bär trotzig, »ich weiß ja vor lauter Kollern nicht mal mehr, wo oben und unten ist!«

Aber dann hielt er es doch nicht mehr aus und stürmte die letzten Schritte durch die Geldmenge in ihre Arme und drückte sich mit Kopf und Tatzen ganz fest an ihren Hals. »Buhuhuu! Ich hab dich ja soooo vermisst!«, schniefte er.

»Jetzt sind wir ja wieder zusammen«, flüsterte sie zärtlich, wiegte den Bär ganz sanft und tätschelte seinen abgewetzten Kopf. Ihr doch egal, dass sie für solchen Babykram eigentlich viel zu alt war.

König Futsch, seine versammelten Untertanen und das Frau-Öttinger-Radio starrten fassungslos auf die beiden.

Irgendwann räusperte sich das Radio und meinte doch ziemlich argwöhnisch: »Also, eine Puppe, die ein Stofftier hat, klingt doch nicht sehr vernünftig ...«

»Zwölfmal gesprengte Weltbank noch mal, so ist es«, sagte König Futsch. Aber er klang ganz anders als das Radio. Geradezu andächtig. »Das darf doch nicht wahr sein. Die Schlenkerpuppe ist tatsächlich – ein Mensch!«

Und seine Augen fingen an zu leuchten.

ZEHNTES KAPITEL

IN DEM IVI TAGEBUCH SCHREIBT

1. Eintrag

Liebes Tagebuch,

seit alle mir endlich glauben, dass ich ein Mensch bin, ist es hier ganz in Ordnung.

Erst hab ich ja gedacht, der König ist sauer, dass es jetzt einen Menschen im Reich gibt, weil er irgendwie neidisch ist.

Aber im Gegenteil, Herr Tegengeil! (Das sagt Julie immer ☺) Der König ist richtig stolz auf mich! Er sagt, jetzt ist das Reich hier endlich ein richtiges Land und nicht nur so eine Rumpelkammer, wo alles kreuz und quer rumfliegt. Jetzt gibt es nämlich einen Einwohner (= mich)! Jemand, der diese ganzen Dinge auch benutzen kann! (Hab ich doch immer schon gesagt.)

Der König selber versteht davon nämlich gar nichts, das hat man ja gesehen, bei seinem Palast. Und der Verstand von Frau Öttinger

versteht auch nicht so viel davon, wie er denkt.

Darum soll ich einfach möglichst alles mit den Dingen machen, was mir so einfällt. Hauptsache, ich benutze möglichst viele von ihnen. Und keiner darf mir blöd kommen, hat der König gesagt. Schon lustig, wo gerade er mir immer am allerblödesten gekommen ist.

Das lassen der Arme Bär und ich uns natürlich nicht zweimal sagen. Vorhin wollten wir Tischtennis spielen, aber wir haben auf die Schnelle keine Schläger und keinen Ball gefunden. Also haben wir einfach eine Bratpfanne, eine Badfliese und einen Klumpen Plastilin genommen. Hat bestens geklappt! Zum Schluss haben die sogar ohne uns weitergespielt! Die Dinge hier machen nämlich viel besser mit als zu Hause. Da liegen sie immer nur rum und warten, bis einer was mit ihnen anfängt.

Ich habe jetzt einen tollen Plan. Ich werde in dich, liebes Tagebuch, alles aufschreiben, was hier so passiert. War echt super von dir, dass du dich vorhin beim Tischtennisspielen direkt vor mir aufgeblättert hast mit deinen ganzen leeren Seiten. Und du hast sogar ein kleines Schloss zum Absperren! Da kann dann kein neugieriger Schnüffler lesen, was drin steht. Zum Beispiel der Arme Bär. Obwohl ich gar nicht weiß, ob der überhaupt lesen kann. Und vorne drauf hast du auch noch ein Bild mit Babykatzen! Voll süß!

Und der Stift gefällt mir auch, der ist lila und pfonka! der ist der ALLERALLERSCHÖNSTE STIFT!!! JAWOLL ICH BIN DER **SCHÖÖÖÖÖNSTE!!!!** und überhaups hab ich jetz kein bocki mehr auf den blötsinn von der dummen tante

QUIX FNÖL BRAMPFT schreps dede reps deps

depsidapsi ir seiz ale dote

drexvichaaaaaaaaaaaaaaaaaaaaaaaaaaaaaaaaaaaaaaa

2. Eintrag

Liebes Tagebuch, liebe süße BabyKatzen,

so, jetzt habe ich einen neuen Stift, der andere hat irgendwie nur noch Quatsch geschrieben. Das ist der Nachteil: Manchmal werden die Dinge auch störrisch! Wie Esel oder Dackel. Oder wie der Arme Bär, wenn er sich stundenlang an mein Bein Klammert und schreit: „Ich will fette Torte!“

Fette Torte ist nämlich seine Leibspeise, so richtig fette Buttercremetorte. Tja, allzu viel fette Torte ist bis jetzt leider nicht verloren gegangen. Ehrlich gesagt gar Keine. Da hat er Pech. Aber er will's einfach nicht einsehen.

Schon Komisch, eigentlich ist der Arme Bär auch ein Ding. Aber mir Kommt er gar nicht so vor, auch früher nicht. Und jetzt redet er auch noch und ist voll süß, vor allem wenn er sich immer so aufregt, und mit Keinem Kann man so gut spielen! Ich bin so froh, dass er hier ist, jetzt fühle ich mich nicht mehr so allein …

3. Eintrag

Liebes Tagebuch,

irgendwie ist das schon ganz schön doof, wenn man nie müde ist. Dann kann man nämlich auch nicht schlafen. Und sich ins Bettchen kuscheln und einfach wegdösen ist so schön gemütlich. Das war mir früher gar nicht klar, da wollte ich ganz oft nicht ins Bett und habe meine Eltern genervt, damit sie mich ganz lange aufbleiben lassen. Aber jetzt fehlt mir das richtig. Und vor allem: Wenn man nicht schläft, kann man auch nicht träumen!

Wenigstens habe ich noch meine dunkle Kiste.

4. Eintrag

Liebes Tagebuch,

ich hab mit dem Armen Bär, dem Zehner und dem roten Handschuh „Berühmte Personen raten“ gespielt. Aber der Zehner kannte nur Personen auf anderen Geldscheinen. Und die kenne ich nicht. Der

Arme Bär findet bis auf die englische Königin alle berühmten Persönlichkeiten „saublöd“ (kann aber nicht sagen wieso). Und der Handschuh kann ja nicht reden, darum musste der die Personen mit seinen Fingern darstellen. Das waren dann alles nur Leute, die mit den Zahlen eins bis fünf zu tun haben, da gibt's nicht viele. Die drei Fragezeichen haben wir erraten und die fünf Freunde auch. Und dann hat er noch eine Faust gemacht. Sollte wohl so ein Theaterheini sein.

Ach ja, den Handschuh hat der König übrigens begnadigt, weil ich ihn ganz lieb drum gebeten habe. Er ist jetzt das erste Ding von meiner Siebensachen-Liste, das ich wiedergefunden habe. Das zweite ist der Zehner. Die hab ich jetzt also schon. Ich muss wirklich gut auf die beiden aufpassen, damit sie nicht wieder verloren gehen!

Wir haben dann bald aufgehört mit dem Personenraten und uns lieber unterhalten.

Naja, bis auf den Handschuh, der hat Zeichensprache probiert, aber die hat keiner verstanden. Ich kannte nur das „Rübe ab"-Zeichen, das hat er zum Schluss immer wie wild gemacht. Keine Ahnung, warum.

Der Zehner hat erzählt, dass der König jetzt nachmachen will, wie ich die Dinge benutze. „Aber im großen Stil", hat er gesagt.

Er hat also ganz viele Bankomat-Karten und Kreditkarten mit Münzen als Rädern unten ausrüsten lassen, so wie bei seinem Thronwägelchen. Auf denen sind dann seine Unter-Geldscheine losgezockelt, die Tausender und Hunderter. Und zurückgekommen sind sie mit lauter Dingen, in die man was reintun kann. Gläser, Blumentöpfe, Vasen, Eimer und so. Sogar kleine Koffer!

Seit Kurzem steht gleich hinter dem Palast immer ein Haufen von denen im Kreis rum. Ein Glas schüttet der Vase neben ihr was rein, die gibt's dann weiter, und immer so fort. Und wenn die Runde einmal rum ist,

fängt der Letzte wieder beim Ersten an. Die hören nie auf! Denen gefällt das richtig!

Der König sagt, dass er auf diese Weise die Dinge benutzt. Und sie endlich beherrscht wie ein richtiger König.

Aber ich frage mich wozu?

Ich glaube nicht, dass der König schon kapiert hat, wie das mit dem Benutzen geht. Schütt schütt schütt, schütte mit mir mit, das ist doch wie im Kindergarten. Total sinnlos!

5. Eintrag

Liebes Tagebuch,

langsam glaube ich nicht mehr daran, dass mir der König sagt, wie ich hier wieder wegkomme. Das verhindert schon der Verstand von Frau Öttinger. Als ich den König letztens wieder fragen wollte, hat er so einen lauten Hustenanfall bekommen, dass der König sich mit seinen Ecken die Ohren zugehalten hat.

Und so geht das jedes Mal. Entweder hustet das Radio wie verrückt oder

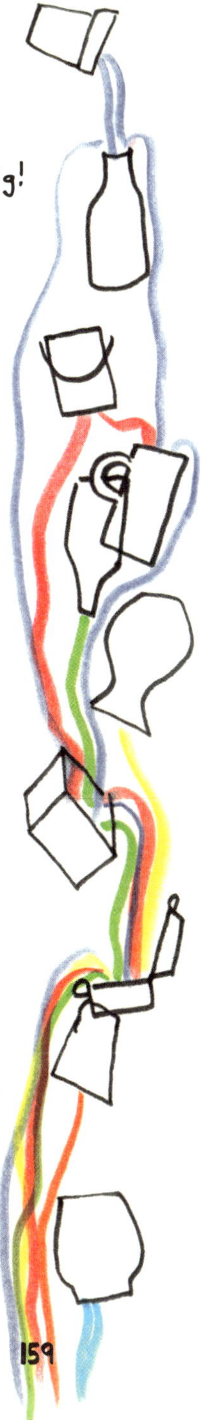

es sagt, dass jetzt eine Klassiksendung läuft, und dann singt es lauter Opernlieder mit einer ganz schlimmen Kreischstimme. Letztens hat es ganz laut getrötet wie eine kaputte Trompete, da frag ich mich schon, was das für ein Radioprogramm sein soll.

Der König hält sich dann die Ohren zu, und ich kann ihn nicht fragen. Und alleine erwische ich ihn auch nicht, weil das Radio immer bei ihm ist. Es ist jetzt der persönliche Berater vom König und fühlt sich wie der große Superkäse. Von seinen Leibscheinen lässt es sich immer auf so einem blöden Geldkarten-Rollwägelchen hinter ihm herziehen. Stimmt nicht, von ACHT Rollwägelchen, einem alleine wäre das Radio ja viel zu schwer. Warum es das macht, weiß ich auch nicht so genau. Ich glaube, es gefällt ihm hier so gut, dass es einfach nichts ändern möchte.

Und darum soll ich auch nicht heim.

6. Eintrag

Liebes Tagebuch,

der Arme Bär hat ein neues Lieblingsspiel, und das kann einen echt aufregen.

Es heißt „Nadel-Ätschi“.

Er spielt das immer mit seinem neuen Freund, einem Nadelkissen mit grünem Blümchenmuster. Nadelkissen sind ja so kleine Kissen, ungefähr so groß wie ein Stück Seife, in die man beim Nähen die Nadeln reinsteckt, damit sie nicht rumliegen und man reintritt. Wir haben sowas mal im Handarbeitsunterricht selbst gemacht. (Die Lehrerin hat gesagt, dass meins ganz schief und krumm ist, darum hat sie mir eine Vier drauf gegeben, die Dumme! Dabei war das Absicht! So ein gerades Kissen ist doch voll langweilig.)

Der Arme Bär und sein Nadelkissen haben sich so ein Spiel ausgedacht, bei dem sie Nähnadeln vergackeiern – tja, darauf muss man erst mal kommen!

Nadel-Ätschi geht so: Der Arme Bär läuft mit dem Kissen unterm Arm durch die

Gegend, bis er eine Nadel findet. Dann legt er „Kissi" („toller" Name auch ☹) hinter sich hin und wackelt mit dem Popo. Aber genau in dem Augenblick, wo die Nadel hochspringt und ihn stechen will, hopst Kissi dazwischen und hält die Nadel auf. Statt den Bär in den dicken Popo zu stechen, steckt sie jetzt im Nadelkissen fest. Und dann, ganz wichtig: Um Kissi herumtanzen und wie bescheuert krähen: „Nadel-Ätschi! Nadel Ätschi! Nadel Ätschi-Bätschi!"

Wenn es hier Tage gäbe, würde ich sagen: Nadel-Ätschi könnten die tagelang spielen. So gern mögen die das.

7. Eintrag

Liebes Tagebuch,

meine dunkle Kiste ist weg!!!

Vorhin wollte ich mich wieder reinkuscheln. Ich hatte nämlich die Nase voll vom Armen Bär und seinem blöden Kissi, die sind jetzt „beste Freunde“. Aber ich konnte meine Kiste nirgendwo finden.

Und dann habe ich rausgekriegt, dass sie dazu hergenommen wurde, um für das Frau-Öttinger-Radio einen kleinen Nebenpalast zu bauen. Es ist zwar nie in seinem doofen Palast, weil es ja immer am König dranklebt wie Kaugummi unter der Schulbank, aber sie haben ihm trotzdem noch ein paar Schachteln als Burgzinnen draufgeklebt und vorne meine Wolldecke als Vorhang hingehängt. Und davor stehen jetzt immer zwei 1000er-Leibscheine, die ganz grimmig dreinschauen und niemanden reinlassen. Nicht mal mich!

Was bilden die sich eigentlich ein? Morgen werde ich denen mal Bescheid geben!

8. Eintrag

Liebes Tagebuch,

ich bin jetzt weiter auf der Suche nach meinen Siebensachen. Na eigentlich sind es nur fünf Sachen, zwei habe ich ja schon gefunden. Ich habe mir jedenfalls fest vorgenommen, dass ich mit ALLEN!!! Dingen von der Verschlamperliste nach Hause komme. Damit keins der Dinge traurig ist, dass es als einziges hierbleiben muss und die anderen heim dürfen.

Wobei ich gar nicht wirklich weiß, ob die Dinge überhaupt traurig sein können. Aber hier in diesem komischen Dingsi-Reich muss man mit allem rechnen. Da will ich lieber kein Risiko eingehen.

Und außerdem war dann mein Ausflug hierher wenigstens zu irgendwas nütze. Mama sagt schließlich immer: „Alles ist immer zu etwas gut."

Blöd ist nur, dass ich so lange nichts mehr gefunden habe. Ich bin ja echt kein Freund von Superduper-Ordnung, aber hier könnte wirklich mal wer aufräumen. Da findet man gar nichts, in diesem – ich schreib jetzt ein ganz langes Wort, da freut sich der Stift – Siebensachenriesenrumflieghaufenunordnungskuddelmuddel.

Hihi, das findet der voll gut! Zu Hause würde ich nie so viel Tagebuch schreiben, dafür wär ich viel zu faul. Aber der Stift hier schreibt ja fast von ganz alleine.

Na, dann muss ich jetzt eben weitersuchen in dem langen Wort da oben. Ich guck wirklich überall, wo ich geh und steh!

Aber Pustekuchen, mit Sahne ohne Banane.

Wenn das so weitergeht, muss ich mir was überlegen.

9. Eintrag

Liebes Tagebuch,

heute kann ich gar nicht viel schreiben, ich bin irgendwie total traurig. Erst hat mir so eine doofe Nadel in den Popo gepiekst, weil der Arme Bär ganz nah neben mir Nadel-Ätschi gespielt hat. Und dann musste ich fast weinen. Nicht wegen der Nadel, das war nicht soooo schlimm. Ich musste fast weinen, weil ich an meine Mama und meinen Papa denken musste. Und gemerkt habe, dass ich sie ganz arg vermisse! Ich will heim.

10. Eintrag

Liebes Tagebuch!

Ich hab eine Idee! Uiuiui, Papa wäre stolz auf mich!

Ich muss gleich los, zum König. Alles Weitere schreibe ich später.

11. Eintrag

Liebes Tagebuch,

ich war jetzt beim König und habe ihm erklärt, dass das ja schön und gut ist, wie er die Dinge benutzt. (Inzwischen hat er schon ganz viele andere Sachen herschaffen lassen: Spielzeugautos, die ständig um den Palast herumfahren, Scheren, die Papier zerschneiden, Klebertuben, die es wieder zusammenkleben, so Zeugs. Das ist jetzt fast schon wie eine richtige Stadt da!)

Aber ansonsten ist doch alles immer noch ein einziger Saustall, wo alles durcheinanderwuselt. Und dann habe ich ihm gesagt, dass erstens jedes Ding seinen Platz kriegen muss und dass zweitens jedes Ding auch an diesem Platz bleiben muss. Genau wie mein Papa es mir immer eintrichtert.

Sonst wird das nie ein richtiges Reich, habe ich gesagt. So ohne Ordnung.

Da hat er erst mal groß geschaut, der König. Das Wort Ordnung hat er noch gar nicht

gekannt. Aber dann habe ich ihm erklärt, wie Ordnung geht: Alle Dinge von einer Sorte auf einen Haufen, damit man immer weiß, wo wer ist.

Da war er gleich ganz begeistert. Ordnung, das machen wir vom Geld ja sowieso schon immer, hat er gesagt: Scheine und Münzen immer schön für sich. Jeder an seinem Platz. Am besten in Bündeln oder Rollen.

Und er hat auch gleich gewusst, wie er so eine Ordnung im Reich schaffen könnte: Das sollen die Unter-Geldscheine übernehmen, die immer für ihn auf den Münz-Karten-Wägelchen unterwegs sind. Die können die Dinge inzwischen schon richtig gut rumscheuchen!

Und dann habe ich ihm noch klargemacht, welche Dinge unbedingt zuallererst

geordnet werden müssen: Die Ohrringe, die Jo-Jos, die Mützen, die Stifte und vor allem die Taschen!

Das war nämlich das Allerwichtigste: Sonst lässt der am Ende alles andere zuerst ordnen, und ich brauche noch eine Ewigkeit, bis ich zu meinen Sachen komme und heim kann!

Das hab ich aber nicht gesagt. Ich habe mir nur still ins Fäustchen gelacht und den Armen Bär mit dem Ellbogen in die Seite geboxt. (Der durfte auch mit, aber nur unter der Bedingung, dass er auf keinen Fall Nadel-Ätschi spielt). Der hat sich dann gleich die Seite gehalten, weil das ja sooo weh tut. So ein Baby ist das! Der kapiert einfach gar nichts.

Das Frau-Öttinger-Radio (das war NATÜRLICH auch dabei) hat dann zwar wieder rumgemosert, warum ausgerechnet diese Dinge, das klingt doch gar nicht vernünftig blablabla.

Und NATÜRLICH musste sich dann auch noch der Arme Bär einmischen und rufen:

„Genau! Ich weiß, was wir zuerst ordnen müssen!“ Da hab ich ihn aber ganz schnell in den Popo gezwickt und ganz böse in sein Ohr gezischt: „Sei bloß still, sonst spielen wir zwei Nadel-Ätschi! Und zwar ohne Kissi!“ Ha, da war er ruhig!

Aber der König hat die Meckereien von den anderen auch gar nicht beachtet. Was die Dinge betrifft, vertraut er voll und ganz der einzigen Bewohnerin seines Reiches (= mir).

12. Eintrag

Gerade schickt König Futsch seine Gelder los, um Ordnung zu schaffen. Der ist echt ein Ober-Rumscheucher! In der ganzen Gegend wuseln jetzt die rollenden Münzen, Plastikkarten und Scheine rum! Nach allen Seiten fahren sie weg, und dazwischen steht auch an jedem freien Fleckchen Geld und Geld und noch mal Geld und sagt den Dingen, wie sie sich zu ordnen haben.

Ich hab mal einen Film über eine

Heuschreckenplage in Afrika gesehen, genauso sieht das hier auch aus – nur mit Geld.

Ein bisschen unheimlich ist das schon, aber die Dinge machen ja gut mit. Es kommt mir fast so vor, dass sie sich freuen, weil sich endlich mal jemand für sie interessiert. Und ich freue mich auch. Da kann es noch so viele verlorene Dinge geben – so sind die bald ruckzuck geordnet.

Und dann finde ich meine Sachen!!!

13. Eintrag

Liebes Tagebuch,

ein Boten-Geldschein ist vorbeigekommen. Endlich.

Es war eine englische 10-Pfund-Note, und ich habe die Frau drauf kaum verstanden, weil sie nicht so gut Deutsch kann. „Schau", habe ich zum Armen Bär gesagt, „das ist die englische Königin, die du so gern magst." Da hat er gesagt: „Pah, die ist ja auch saublöd!", und ist weggegangen.

Jedenfalls hat sie mir von König Futsch

gnädigst ausrichten lassen, dass ich mich zur Besichtigung der ersten Ordnungen bereithalten soll, und ich soll das Frau-Öttinger-Radio mitnehmen. So ganz traut er mir anscheinend dann doch nicht.

Ich bin also zum Palast, da war es wie ausgestorben, weil ja das ganze Geld beim Ordnen ist. Dort habe ich mich zusammen mit dem Radio neben seinen protzigen Pappkartonpalast gesetzt, und wir haben gewartet.

Und gewartet.

Und noch ein bisschen gewartet.

Und immer noch ein bisschen. RICHTIG lange.

Allmählich ist mir klar geworden, wie riesig das Reich sein muss: Wenn man so lange warten muss, bis auch nur eine Sorte verlorene Dinge auf einem Ordnungshaufen beisammen ist!

Wir haben also immer weiter gewartet und nicht mal miteinander geredet, das Radio und ich. Wir verstehen uns ja nicht mehr so gut.

Was schade ist, weil mir der Frau-Öttinger-

Verstand am Anfang recht nett und interessant vorgekommen ist. Ein bisschen schrullig vielleicht. Aber seit er den König getroffen hat, war er zu mir eigentlich nur noch aufgeblasen und wichtigtuerisch und hat immer an mir rumgemeckert.

Dann sind in der Nähe ein paar Buchstabenwürfel herbeigetollt gekommen, da hab ich gleich gedacht: Warum sind die noch nicht geordnet?

Aber eigentlich waren die eine schöne Abwechslung. Ich hab dem Radio vorgeschlagen, dass wir eine Runde Freiwild-Scrabble spielen könnten: Da bildet man Wörter aus den Buchstaben, wie sie gerade zufällig bei den Würfeln oben liegen.

Der Frau Öttinger-Verstand hat erst gar nichts gesagt, aber dann irgendwann: „Na gut, es gibt ja sonst nichts Vernünftiges zu tun."

Und der war vielleicht gut! Beim Freiwild-Scrabble muss man sehr schnell sein, weil die Würfel ja ständig herumkugeln. Er hat aber immer sofort sein Wort beisammen

gehabt! Ich habe nur noch hinterhergeschaut, kein einziges Mal war ich Erster. Und oft hatte ich gar keins. Er immer.

Aber dann haben sich die Würfel wieder verzogen, und da hat der Verstand gemeint: „Jetzt wo wir schon so lange warten – sag mal: Meinst du, die Frau Öttinger wartet vielleicht auch auf mich? Dass ich zurückkomme?“
Von der Frau Öttinger hat er vorher nie reden wollen!

Und da habe ich ihm eben noch mal erzählt, wie es der Frau Öttinger so geht. Dass sie schon immer freundlich und lustig ist, aber es oft auch schwierig ist für sie, so ganz ohne Verstand. Und dass manche Leute sie für richtig gefährlich halten. Die haben Angst, sie könnte das Haus anzünden oder sonst einen schlimmen Unsinn anstellen, und wollen, dass sie in ein Heim kommt.

Darauf hat der Verstand gemeint, ja, er findet es inzwischen auch ohne Frau Öttinger gar nicht mehr so einfach. Eigentlich hat er es immer viel besser

FRAU Ö.

gefunden, ein freier Verstand zu sein. Einfach denken zu können, was man will, ohne dass man sich mit irgendwelchen blöden Sachen beschäftigen muss wie einkaufen gehen oder sich waschen oder den Herd ausschalten, bevor man aus dem Haus geht. Aber immer nur denken und nie was von der Welt spüren oder etwas anfassen können, nie selber etwas tun, das ist irgendwie auch nicht das Wahre.

Ich hab gemeint, dass ich es auch nicht toll finde, verloren zu sein. Aber weil ich so eine Schlamperin bin, hat das wohl irgendwann so kommen müssen. Und ich bin mir ganz mutig und selbstkritisch vorgekommen dabei.

Da hat der Verstand gefragt, wer genau das denn eigentlich sagt, dass ich so eine Schlamperin bin?

Mein Papa, habe ich gesagt, und meine Mama auch manchmal.

Aha, hat es aus dem Radio gemacht, und ob mein Papa denn selber noch nie etwas verloren hat?

Nie, habe ich sofort gerufen! Aber dann ist mir aufgefallen, dass ich noch nie darüber nachgedacht hatte. Weil ich immer geglaubt habe, dass mein Papa gar nichts verlieren KANN: Er weiß ja immer, wo alles hin muss, und da ist und bleibt es dann auch.

Natürlich sind mir stattdessen gleich hundert Sachen eingefallen, die ich selber verloren habe, nur nichts von meinem Papa. Aber das Radio hat gesagt, dass es das nicht gibt, einen Menschen, der nie im Leben was verliert. Das widerspricht jeder Vernunft, und ich soll noch mal überlegen. Habe ich dann auch gemacht, und dann ist mir tatsächlich was eingefallen.

Einmal habe ich in Papas Arbeitszimmer in der unteren Schrankschublade rumgekruschtelt, da, wo so alter Krimskrams von früher drin ist. Und da ist mir ein altes Brettspiel aufgefallen. Wie hat es gleich wieder geheißen?

Ich komm nicht mehr drauf.

Es hat eigentlich nach nichts Besonderem ausgesehen, vor allem war es sehr vergilbt. Das

Spielbrett war ein bisschen wie bei Monopoly, mit Straßen und Häusern – ich glaube sogar, das waren Geschäfte, und überall standen Preise drauf.

Ich hab es meinem Papa gezeigt und gefragt, ob er es mit mir spielt. Papa hat das Spiel in die Hand genommen, die Schachtel lange angeschaut und dabei so komisch geseufzt. Und dann hat er gesagt, man kann es nicht mehr spielen, weil es nicht mehr vollständig ist. Und er hat erzählt, dass er es früher immer mit seinem eigenen Papa (also meinem Großpapa) gespielt hat, und nie hat er gegen ihn gewonnen. Kein einziges Mal.

Das hat ihn so gewurmt, dass er sich einen Trick überlegt hat, wie er seinen Papa schlagen kann. Und als er ihn dann anwenden wollte, war der Trick futsch und weg, und ein Teil vom Spiel hat gefehlt. Und mein Papa hat sich furchtbar geärgert, und geschämt hat er sich auch.

Dass mir das eingefallen ist!

Mein Papa hat also doch irgendwann mal was verloren! Großpapa hat sogar gesagt, er ist ein

Schlamper!

Ich finde das voll aufregend, darum habe ich es gleich aufgeschrieben, damit ich es ja nicht mehr vergesse! (Aber blöd: Ich komme einfach nicht auf den Namen von diesem dooten Brettspiel!)

Jedenfalls habe ich dem Verstand dann erzählt, dass ich meine verlorenen Siebensachen suche und zwei auch schon gefunden habe. Und wenn ich sie alle beisammen habe, frage ich endlich den König, wie ich nach Hause komme. Und das kann niemand verhindern (damit habe ich natürlich den Verstand gemeint, aber ich wollte es ihm nicht so direkt sagen).

Und dann habe ich noch gemeint, der Verstand soll sich's doch einfach überlegen, vielleicht will er ja mitkommen, ich nehme ihn jedenfalls gerne mit. Da ist er ganz still geworden und hat gar nichts mehr gesagt.

Halt, da kommt endlich die 10-Pfund-Note mit der englischen Königin! Ich glaube, die ersten Dinge sind geordnet! Aber da fällt mir doch noch die Geschichte von dem netten kleinen Schreibheft ei…

Nein, Stift, jetzt ist Schluss! Sofort aufhören mit Schreiben! Ich muss weg!!!

14. Eintrag

Es ist unglaublich! Hier ist es gar nicht mehr wie auf einer Riesenmüllhalde, wo alles drunter und drüber geht. Stattdessen besteht jetzt das ganze Reich, zumindest soweit ich das sehen kann, aus schnurgeraden Wegen, kreuz und quer, und dazwischen stehen ganz ordentlich aufgeschichtete Hügel und Berge. Für jede Dingesorte einer!

Der Schrauben-Berg ist vielleicht groß! Wie ein Riesen-Ameisenhaufen aus silbernen, einbeinigen Monster-Ameisen, und ständig kommen neue dazu! Mindestens drei Stockwerke hoch ist der jetzt schon und auch so breit und lang wie ein Haus. So viele Schrauben haben noch nicht mal meine Eltern gesehen!

Aber es sind ja auch wirklich alle, die je verloren worden sind. Zum Beispiel so eine Schraube an der Mondrakete. Wenn die damals eine verloren hätten, dann wäre die auch hier! Ist das zu glauben? Haha, ich weiß schon, was mein Papa darauf sagen würde: „Der eine glaubt, der andere schraubt!"

Aber ansonsten würde Papa ganz schön fluchen: Die Schrauben selber sind nämlich noch überhaupt nicht geordnet. Da müssten er und Mama Monate lang hinsortieren!

Den Hundehalsbänder-Haufen habe ich auch gesehen und den Schlüssel-Berg auch, da war vielleicht was los! Der Schlösser-Berg liegt ja gleich daneben, und die Schlüssel probieren einfach alle Schlösser aus. Natürlich finden die meisten von ihnen kein passendes, aber das ist ihnen ganz egal, sie probieren einfach immer weiter und weiter. Aber wenn sich mal zwei finden, die zusammengehören! Au weia, das ist vielleicht eine Freude!

Am schönsten bis jetzt finde ich den Fahrradleuchten-Haufen, der blinkt ganz in Rot und Weiß mit Millionen Lichtern, wie ein Weihnachtsbaum, nein, wie ein WeihnachtsBERG!

Da sitze ich jetzt auch gerade und schreibe schnell alles auf.

Hingekommen bin ich mit einem alten Bobby-Car, auf das ich mich draufgequetscht habe. Zum Laufen wäre das echt zu weit gewesen. Erst fand ich's ganz lustig auf dem Bobby-Car, aber unterwegs hat sich leider rausgestellt, dass das dumme Ding gerne ein Rennauto wäre. Das war vielleicht ein Gewackel.

Auch der Verstand von Frau Öttinger hat recht geschimpft, ich hatte das Radio nämlich auf dem Schoß, weil der König ja befohlen hat, dass es mich auf meiner Rundfahrt zu den Dingehügeln begleitet. Es hatte Angst, dass das ganze Gerummse die Sendereinstellung verändert und es dann nur noch krächzig reden kann.

Auf dem Rückweg lege ich mir jedenfalls was Weiches als Polster unter den Hintern und dem Radio am besten auch. Vielleicht fahren wir ja am Kissen-Berg vorbei, da borge ich mir welche aus.

Schlauerweise hat das Radio mich noch dran erinnert, das Bügeleisen mitzunehmen, vielleicht wittert es ja meine Mütze, so wie damals den Armen Bär. Ich will jetzt nämlich schnell meine Sachen finden!

15. Eintrag

Liebes Tagebuch,

Juhu, das hier schreib ich schon mit meiner rot-weiß geringelten Mütze auf dem Kopf! Ich finde sie ja immer noch hässlich, aber das weiß sie zum Glück nicht. Und Mama auch nicht.

Das Bügeleisen hat sie wirklich in Nullkommanix gefunden. Ich hab es erst an meinem Kopf schnüffeln lassen, und es hat sofort die Spur aufgenommen und sich durch den riesigen Mützen-Haufen gewühlt. Dabei hat meine Mütze mindestens zwei Meter tief drin gesteckt!

Da hat sogar der Verstand von Frau Öttinger gestaunt.

Oh, da ist das Bügeleisen schon wieder. Ich muss jetzt aufhören mit Schreiben, es will unbedingt gekrault werden. Jaja, ganz ein Braver bist du!

16. Eintrag

Liebes Tagebuch,

hurra! Das Jo-Jo hab ich auch! Und es blinkt und leuchtet noch viel schöner, als ich es in Erinnerung hatte! Vielleicht liegt das daran, dass ich hier plötzlich so eine unglaublich gute Jo-Jo-Spielerin bin!

Okay, ich geb's zu, das Jo-Jo läuft hier eigentlich ganz von selbst. Aber ist mir doch egal. Jedenfalls kann ich jetzt richtige Tricks damit machen, so von wegen hinter dem Rücken und um die Kurve und links von vorne durchs Knie und lauter so Sachen. Zu Hause ist das Jo-Jo schon nach drei, viermal rauf und runter ganz schief und krumm gelaufen und hat sich dann meistens verknotet.

Ja, das Bügeleisen ist wirklich besser als jeder Spürhund. Ich sollte ihm einen Namen geben!

Aber wie nennt man ein Bügeleisen? Noch dazu eines, das sich benimmt wie ein Hund? Eher wie ein Bügeleisen oder mehr wie einen Hund? Bügli vielleicht oder Glatti …

Dampfi ginge auch, nö, das klingt nach Lokomotive.

Oder vielleicht ein ernster Name wie Horst oder Karl Heinrich der Dritte. Aber das kann man nicht so gut rufen. Ich glaube, ich nenne es Eisi. Nein, das ist auch komisch, weil das nach Eis klingt, obwohl ein Bügeleisen ja ganz heiß ist … Da muss ich noch weiterüberlegen.

Ich weiß!

Ich frag einfach mal den Armen Bär!

17. Eintrag

Liebes Tagebuch,

wir haben einen Namen. Wir, also der Arme Bär und ich, haben zusammen überlegt. Er war für Bübü. Das fand ich erst doof, ich war für Plattomat, aber dann hat er sich so aufgeregt, dass ich gesagt habe, na gut, der Klügere gibt nach, dann heißt es eben Bübü, wenn dir das so viel bedeutet. Der Verstand von Frau Öttinger hat nur gemeint, wenn wir es wagen, ihn Ötti oder Öttomat zu nennen, redet er kein Wort mehr mit uns. Und damit war es ihm sehr ernst, das habe ich gemerkt.

Ja, und dann ist Bübü (ich kann mich echt nur schwer an den Namen gewöhnen) gleich wieder an die Arbeit gegangen und bingo, schon hatte er sich die Glitzerohrringe geschnappt. Obwohl die bestimmt nicht so arg nach mir gerochen haben. Keine Ahnung, wie er das macht. Der Verstand von Frau Öttinger konnte mir auch keine Antwort geben (ich muss jetzt immer „Ötti“ denken, wenn ich ihn sehe, hihi).

Die Glitzerohrringe sind auf einem Haufen gelegen, auf dem ging es vielleicht zu! Lauter Ohrringe, jede Sorte, die man sich nur vorstellen kann. Große Hänger mit Federn, riesige Ringe, ganz viele kleine Stecker mit Perlen oder Sternchen. Und alle sind sie gleich auf mich losgeschwirrt wie ein Mückenschwarm und wollten in meine Ohrlöcher reinstechen. Zum Glück hatte ich die Mütze auf, die habe ich mir einfach über die Ohren gezogen, da war Ruhe.

Nur meine eigenen Ohrringe, die nicht! Die sind richtig vor mir weggewackelt! Da war ich dann schon kurz beleidigt.

Wahrscheinlich hat es daran gelegen, dass sie ein Paar sind und zusammen so glücklich. Die haben schon gewusst, dass sie sich jetzt wieder trennen müssen: Einer ins linke Ohr, einer ins rechte.

Aber so ist das nun mal als Ohrring!

Ich kann mir wegen denen doch kein zweites Loch ins Ohr stechen lassen, das erlaubt Mama nie!

Und das sähe auch echt bescheuert aus, glaube ich.

Aber Bübü sollte wirklich zur Polizei gehen, als Spürbügeleisen! Vor dem hätten Gangster sicher ordentlich Respekt, noch dazu, wo es immer so heiß ist!

18. Eintrag

Liebes Tagebuch,

das sechste Ding ist da! Meine allerliebste Indianertasche! Die mit den gelben und roten Lederflecken, den Fransen, dem roten Riemen zum Umhängen und den riesigen silbernen Schnallen! Ich hab sie wieder!

Und diesmal habe ich sie sogar ganz alleine gefunden, Bübü war nämlich mit dem Armen Bär unterwegs. Die spielen jetzt immer „Platt-Ätschi!“ zusammen.

Der Arme Bär läuft zu Klamotten hin und tut, als ob er ganz arg friert, na und den Rest kannst du dir denken. Ich sag's dir: Der Arme Bär und Bübü: Voll der neue BFF-Alarm!

Aber ich hab die beiden gar nicht gebraucht. Ich hatte zwar den Verstand von Frau Öttinger dabei, aber der ist keine Hilfe, der ist der schlechteste Sachensucher, den es gibt. Bei so einem Verhau wie hier hilft einem eben ein Verstand auch nicht weiter.

Ich bin also zu dem riesigen Taschen-Haufen, der war fast so groß wie der 10er-Sprungturm bei uns im Freibad. Aber so hoch musste ich zum Glück gar nicht klettern. Ich habe nur unten ein bisschen rumgewühlt, und da ist die Indianertasche auch schon angehüpft gekommen und mir richtig um den Hals gefallen! Und rund und rund und herum sind wir gewirbelt, als wären wir ein Karussell!

Das mit dem Dinge-Ordnen war echt eine richtig gute List von mir. Vielleicht sogar die beste, die mir je eingefallen ist.

Jetzt noch den Schiffstift, dann habe ich alle Siebensachen von meiner Liste und kann mich endlich drum kümmern, wie ich nach Hause komme. Wo es einen Weg rein gibt, muss es ja auch einen Weg raus geben! Es muss ihn mir nur einer zeigen! Und ich weiß auch schon wer!

ZEHNEINHALBTES KAPITEL

IN DEM FRAU ÖTTINGER SICH DAS LEBEN ERLEICHTERN WILL

Frau Öttinger drehte ihren Rosinenschneck in der Hand hin und her und betrachtete ihn sehnsüchtig. Den würde sie jetzt wirklich zu gerne essen. Mit Butter. Zu einem Rosinenschneck brauchte man unbedingt Butter. Viel Butter!

Frau Öttinger seufzte. Ja, schön wär's.

Sie blickte auf das neue Butterpäckchen, das sie oben geöffnet hatte. Sie drückte mit dem Finger hinein. Die Butter gab kaum nach. Eindeutig zu hart und zu kalt. Kam ja auch frisch aus dem Kühlschrank. Diese Butter konnte man nicht streichen.

»Ja, streichzart müsste sie sein«, sagte Frau Öttinger und freute sich über dieses schöne Wort. »Streichzart«. Sie wiederholte es gleich noch mal.

Hatte sie da nicht im Radio einmal so einen Tipp gehört, wie man kalte harte Butter aus dem Kühlschrank wieder »streichzart« bekam? Sie grübelte einen Moment nach. Dann fiel es ihr wieder ein.

Das Radio hatte gesagt, man müsse heißes Wasser in ein Glas gießen, dann das Wasser wieder ausschütten und das nun erhitzte Glas über die Butter stülpen. Nun einen Moment abwarten und dann war die Butter ...

»Streichzart!« Sie sprach das Wort ganz andächtig aus, als wolle sie die Butter mit ihrer Stimme streicheln.

Hach, das Radio war schon eine sehr nützliche Erfindung. Übrigens.

Wo war dieses Radio überhaupt?

ELFTES KAPITEL

IN DEM EINIGES KLAR WIRD UND EINIGES SOGAR RICHTIG UMWERFEND

»Das mit dem Dinge-Ordnen ist ja wohl das Beste, was dir je eingefallen ist!«, begrüßte König Futsch Ivi schon von weitem. »Wobei: Wer weiß, worauf diese Menschen noch alles kommen?« Er zwinkerte dem Frau-Öttinger-Radio schelmisch zu, das an Ivis linkem Arm hing.

In ihrer rechten Hand trug Ivi das Bügeleisen, das ihr ein letztes Mal beim Finden helfen sollte.

Der Arme Bär war nicht mit dabei, er war beleidigt, weil er eigentlich mit Bübü wieder Platt-Ätschi spielen wollte. Er sah einfach nicht ein, dass Ivi das Bügeleisen auch mal brauchte.

»Pfundig, dollar und euro ist das! Alle wollen unbedingt an ihren Platz!«, strahlte der König. Er saß bereits bei den Stiften und hatte nichts als allerbeste Laune. Mittlerweile steckte er in einem schicken königlichen Schutzumschlag aus Leder. »Bei manchen Dingen, hört man, ist ja nicht gleich der Groschen gefallen, worauf das Ganze hinauslaufen soll. Aber inzwischen machen alle ganz von selber bei der Ordnung mit! Seht euch das an!« Er wies auf die lange Schlange Stifte vor ihm.

»Ja, das ist toll«, sagte Ivi munter. Sie wunderte sich schon ein bisschen, dass ihr nun anscheinend sogar der König persönlich bei der Suche nach dem Schiffstift helfen wollte. Wo sie ihm doch eigentlich gar nichts davon erzählt hatte. Hatte das Radio mit ihm darüber geredet?

»So, dann wollen wir mal anfangen mit dem Testen«, meinte der König und klatschte mit seinen Lederecken, als wären es Hände.

»Wieso testen?«, fragte Ivi verwirrt.

»Na, ob die Stifte sich zum Schreiben eignen!« Der König stöhnte ungeduldig auf, weil Ivi immer noch nicht verstand. »Ach du liebes Wechselgeld. Zum Zahlenschreiben! Für das, was jetzt kommt!«

»Was jetzt kommt?«, echote Ivi. Langsam dämmerte ihr, dass der König sich überhaupt nicht für den Schiffstift interessierte.

»Der Wert!« Der König kiekste vor Empörung über Ivis Begriffsstutzigkeit. »Die Dinge müssen alle einen Wert bekommen, das habe ich ihnen als ihr Herrscher versprochen. Jedes Ding kriegt sein eigenes Preisschild. Auf dem steht, wie viel es wert ist. Da freuen die sich schon alle drauf wie die Geldbeutel! – He, du da!«

Der König hatte in der Stifteschlange eine verirrte Stricknadel entdeckt. »Du musst drei Hügel weiter rechts und dann geradeaus hinter, da sind deine Leute, mein liebes Klappertantchen.« Die Stricknadel scherte sofort aus und stakste davon.

»Nun ja«, nahm König Futsch den Faden wieder auf, »und

diese Preisschilder müssen natürlich alle geschrieben werden. Da braucht es eine Menge Stifte.«

Wie? Ivi sah sich um und schluckte. Sie stand inmitten von Bergen. Aus Dingen. Und dahinter ging es noch endlos weiter. Mit immer noch mehr Bergen. Auch aus Dingen. Und jedes von ihnen sollte ein Preisschild kriegen?!

»Und wenn dann jedes Ding seinen … seinen Wert hat – wozu soll das gut sein?«, fragte sie ratlos.

»Also, das müsstest du als Mensch ja wohl am besten wissen!« Der König verlor langsam wirklich die Geduld. »Weil wir hier auch was gelten wollen, zum Scheck noch mal! Ich und das übrige Geld und die anderen Dinge auch alle! Und wenn jeder seinen Preis hat, geht es erst richtig los!«

»Was geht los?« Ivi fand es fast bedrohlich, wie der König vor Begeisterung übersprudelte.

»Dann wird hier gekauft! Jawohl, und das Land wird umbenannt! Von wegen ›Reich der verlorenen Dinge‹, wo es immer nur Abfall von der Decke hagelt – nein, dann sind wir das ›Kauf-Dich-Reich‹!«

»Kauf-Dich-Reich???«

Ivi durchfuhr es wie ein Blitz.

Ja natürlich!

Das war es!!!

Jetzt war ihr alles klar.

Und auf einmal meldete sich auch das Frau-Öttinger-Radio in ihrem Arm, das bis dahin geschwiegen hatte. »Ivi«, zischte es, »ich muss dir was sagen!«

Aber Ivi war von ihrer Erleuchtung noch so benommen, dass sie darauf zuerst gar nicht reagierte. Einen Moment lang war ihr richtig schwindelig!

Währenddessen schwadronierte König Futsch einfach weiter: »So, jetzt aber einer nach dem anderen! Da vorne kommen ja schon die Etiketten für die Preisschilder anmarschiert. Sehen wir uns die Stifte an.«

»Ivi!«, zischte das Radio wieder. »Ich muss dir dringend was sagen, verstehst du? Aber irgendwo, wo uns der König nicht hören kann!«

Jetzt endlich begriff Ivi. »Ja, in Ordnung«, wisperte sie zurück.

»Willst du mir vielleicht bei der Auswahl helfen?«, forderte der König sie großmütig auf. »Eine hochverantwortungsvolle Aufgabe!«

»Äh... ganz klar«, antwortete Ivi, »aber ... ich muss erst noch was Bestimmtes suchen. Ich schau mal da drüben, bin gleich zurück!«

»Wie du willst, aber ich erwarte dich dann!« Der König winkte ein Blatt Papier herbei und wandte sich einem hellblauen Kugelschreiber zu: »Dann zeig mir du doch mal eine schöne 500.« Woraufhin sich der Kugelschreiber prompt auf ihn stürzte wie eine wildgewordene Krähe, um ihm eine 500 quer über den Zylinder zu malen. Der König verscheuchte ihn laut schimpfend: »Weg, du mistiger kleiner Schmierant! Hau ab!«

Unterdessen hatte sich Ivi mit dem Bügeleisen und dem Radio um die Ecke des Stifte-Haufens davongemacht.

Dort glitt das Bügeleisen umgehend aus ihrer Hand an ihrem Bein entlang nach unten, um am Haufen zu schnüffeln, aber in ihrer Aufregung nahm Ivi das nicht einmal wahr. Sie versuchte zwar, nicht allzu laut herauszuplatzen, aber sie musste es unbedingt sofort loswerden: »Ich weiß jetzt, wer der König in Wahrheit ist!«

»Und ich«, entgegnete das Radio düster, »weiß jetzt, wer der König höchstwahrscheinlich eher nicht ist.«

Aber Ivi ging nicht darauf ein: »König Futsch ist ein Geldschein aus dem Spiel! ›KAUF DICH REICH‹, genauso hat das alte Brettspiel von meinem Papa geheißen, das ich in seinem Arbeitszimmer gefunden habe, weißt du noch? Jetzt seh ich wieder die Schrift auf dem Deckel vor mir, ›KAUF DICH REICH‹, und die Geldscheine auch, die haben genau wie der König ausgesehen! Drum ist er mir immer so bekannt vorgekommen!«

»Das würde es erklären«, bestätigte das Radio, allerdings wieder eher unterkühlt. »Aber sei etwas leiser!«

Was Ivi verärgerte. Begriff dieser verstaubte Verstand denn nicht? Aber jetzt feuerte sie ihren Beweis ab, sie raunte: »Das ›REICH‹ von ›KAUF DICH REICH‹ kann man sogar noch sehen, hinter den 33 Nullen! Und die hat mein Papa da hingemalt, da bin ich ganz sicher! Verstehst du? Mein Papa hat sich als Kind den größten Geldschein aller Zeiten gemalt, das war der Trick mit dem er seinen eigenen Papa schlagen wollte. Aber dann hat er ihn verloren! Und genau der ist jetzt der König hier! Das ist doch …« Ivi ruderte vor Wortnot mit den Armen, »… der Quintilliasto-Fantasto-Bombasto-Irrsinn!«

»Ja, das ist schon ein Zufall. Aber darf ich dir jetzt auch was erzählen?«

Eigentlich war Ivi erbost. Ein kleines »Oh« oder »Ah« oder »Das ist ja der Ober-Hammer!«, hätte ihr als Reaktion schon gereicht.

Doch stattdessen sagte das Radio sehr bedächtig und gewunden: »Was du gerade eben gesagt hast, bestätigt nur meine inzwischen feststehende Meinung, die ich mir durch reifliches und gründliches Überlegen gebildet habe.«

»Aha … und was hast du dir überlegt?« Ivi schwirrte ein wenig der Kopf. Wieso redete der Kasten auf einmal so geschwollen?

»Ganz einfach: Der König wird wohl nicht derjenige sein, der dir den Weg nach draußen zeigt.«

»Wie?« Jetzt war Ivi alarmiert.

»Ich denke nicht einmal, dass er dir den Weg zeigen *könnte*«, erwiderte das Radio.

»Aber wieso denn nicht? Du hast doch immer gesagt …«

»Papperlapapp! Hab mich eben geirrt.« Das Radio war leicht angesäuert. »Auch ein Verstand kann manchmal angetrübt sein. Das sind diese ganzen Umstände hier! Hier kann doch keiner klar denken!«

Es räusperte sich, gerne gab es seinen Fehler nicht zu. »Also, nachdem du mir geschildert hast, dass Frau Öttinger ohne mich Nachteile zu erleiden hat und vielleicht sogar in so ein Heim für Leute ohne Verstand eingewiesen wird, habe ich darüber nachgedacht, ob es nicht vielleicht eine vernünftige Sache wäre, wieder zu ihr zurückzukehren. Und als ich dann davon überzeugt war, dass es vernünftig wäre, habe ich natürlich auch gleich überlegt, wie so ein Zurückkehren vonstattengehen könnte.«

»Dann weißt du schon, wie es geht?!« Ivi war hocherfreut.

»Jetzt hör doch zu, was ich sage! Ich habe *überlegt*. Und dann bin ich zu dem Schluss gekommen, dass es gar nicht so einfach werden wird.«

»Das ist alles?« Ivi war enttäuscht.

»Warte doch mal ab. Du machst mir ja noch eine Locke in den Denkfaden. Ich habe folgende Gründe ermittelt, die ich jetzt vortragen werde. Und ich bitte darum, nicht unterbrochen zu werden! Ich habe in letzter Zeit irgendwie ziemliche Konzentrationsprobleme:

Also! Es wird schwierig werden,

1. weil ich von niemandem weiß, der es je aus eigener Kraft aus dem Reich hinaus geschafft hätte.
2. weil der einzige Weg hinaus der gleiche sein muss wie der Weg hinein. Also die Weichen Stellen.
3. weil die Weichen Stellen nicht zu erreichen sind,
4. außer mit dem Quirl.
5. weil der Quirl zu schwach ist und dich nicht so hoch tragen kann. Noch dazu, wenn du das Radio mit mir drin auch noch tragen musst.

6. weil ich nämlich beschlossen habe, das Reich ebenfalls zu verlassen, um zu Frau Öttinger zurückzukehren. Und jetzt kommt auch noch:
7. Du hast herausgefunden, dass es sich bei dem König nur um, ähem, von Kinderhand bemaltes Spielgeld handelt. Der König des Reichs ist also ein wertloser Lappen. Folglich hat er keine Ahnung, wie man hier rauskommt, weil er wahrscheinlich auch nicht weiß, wie er hier reingekommen ist.

Puh«, im Radio wurde mächtig ausgeatmet, »das war jetzt ganz schön viel. Aber du siehst: Der König Futsch weiß so gut wie sicher so gut wie gar nichts.«

»Bitte, ich hab's ja immer schon gesagt«, triumphierte Ivi.

»Ich muss zugeben, ich war von seinem königlichen Rang wohl lange zu sehr beeindruckt«, fuhr das Radio leise fort, »und dafür entschuldige ich mich bei dir. Aber viel entscheidender sind seine Zukunftspläne, die er dir eben enthüllt hat. Von denen ich übrigens auch keine Kenntnis hatte.

Und das ist jetzt Punkt 8: Mir ist nämlich klar geworden: Selbst wenn König Futsch dir hier heraushelfen *könnte* – er würde es gar nicht wollen!«

»Aber wieso? Wo ich schon so lange hier bin! Und ich habe so viel für ihn getan! Inzwischen weiß er ja auch, wie das mit dem Ordnung-Machen geht, da braucht er mich nicht mehr.«

»Alles schön und gut – aber du hast doch selbst gehört, wie sein Reich in Zukunft heißen soll, oder?«

Ivi zog die Augenbrauen zusammen. »Äh, ja – ›Kauf-Dich-Reich‹.«

»So ist es«, wisperte das Radio, fast sanft. »Und das nötigt mich als Verstand zu folgendem Gedankengang: Hier in diesem Reich gibt es Geld, und bald wird es Dinge mit Preisschild geben, die man kaufen kann – aber wer wird derjenige sein, der *kauft*?«

Doch diese Frage blieb unbeantwortet – denn nun geschahen zwei Sachen gleichzeitig.

Erstens sprang vom Haufen her das Bügeleisen in Ivis Arme. Und zwar mit einem solchen Schwung, dass ihr das Frau-Öttinger-Radio entglitt. Es fiel zu Boden und verstummte. Aber das Bügeleisen hatte auch etwas erbeutet: In seinem Kabel eingewickelt steckte ein ganz besonderer Stift. Ivi packte ihn im Flug und rief erfreut: »Gut gemacht, Bübü! Mein Schiffstift!« Sie drehte den Kugelschreiber aus durchsichtigem Plastik auf den Kopf, und das Segelschiff glitt langsam auf den Wellen dahin. Jetzt hatte sie alle ihre Siebensachen beisammen!

Leider aber lenkte dieses Wiedersehen mit dem Schiffstift Ivi so ab, dass sie darüber nicht bemerkte, was als Zweites passierte: Nämlich der Angriff der Schuhe.

Eine kolossale Herde von Schuhen kam mit einem Mal angaloppiert: Halbschuhe, Turnschuhe, Bergschuhe, Flip-Flops, Hüttenschuhe, Gesundheitssandalen, klackenden Pumps, Slipper, Gummistiefel! Sie alle stürmten auf Ivi zu, warfen sie einfach um und trugen sie fort!

Ivi konnte überhaupt nichts dagegen ausrichten, sie lag auf dem Rücken, wurde vom Strom der Schuhe hin- und hergeworfen und zappelte hilflos mit Armen und Beinen wie ein Käfer. Ein Mordslärm war das, der da unter ihr trappelte und quietschte und klapperte, aber trotzdem hörte sie über all dem Getümmel noch eine Stimme. Die von König Futsch, der vom Stifte-Haufen herdröhnte: »Ja, gut so, helft dem Menschen! Ihr Schuhe seid zum Gehen gemacht! Und dieser Mensch will ins Kaufhaus!« Woraufhin die Schuhe noch einmal doppelt so schnell dahinstampften. Und doppelt so laut.

Ehe Ivi auch nur Luft holen konnte, um dagegen zu protestieren, war sie auch schon drin.

Im Kaufhaus.

ZWÖLFTES KAPITEL

IN DEM ORDENTLICH EINGEKAUFT WIRD, ODER AUCH ZWEI- ODER DREIGEKAUFT

Unter einem Kaufhaus stellt man sich für gewöhnlich etwas anderes vor.

Das Gebäude, in das die Schuhflut mit ihrer Ivi-Fracht hineinrauschte, war nämlich nur eine Hütte mit einem Raum. Der war ziemlich genauso groß wie Ivis Zimmer, und das war nicht besonders groß.

Die Schuhe hatten kaum haltgemacht und waren unter ihr hervorgekrochen, da sprang Ivi auf und wollte gleich wieder hinauslaufen.

Aber sie rannte gegen eine Wand.

Sie drehte sich einmal um sich selbst und suchte nach dem Ausgang, einer Tür oder einem Fenster – doch da gab es nichts. Nur vier geschlossene Wände.

Wie war sie dann überhaupt hier reingekommen?

Gab es vielleicht eine Art Geheimtür, die man nicht sehen und nur ertasten konnte, so wie in den Geschichten von den Pyramidenforschern?

Ivi stieg und stolperte über die vielen Schuhe, die fast den ganzen Boden bedeckten, um ganz nah an eine der bräunlichen, komisch geriffelten Wände heranzukommen. Und da erst erkannte sie, dass die Hütte rundherum aus

Münzen gebaut war.

Nur oben war sie offen, entdeckte sie, als ihr Blick nach oben wanderte. So kam Licht herein. Der Raum war zwar nicht groß, dafür aber umso höher. Eigentlich eher wie ein großer Kamin als ein Haus, und zum Hochklettern waren die Wände viel zu glatt.

Ivi drückte gegen eine von ihnen, erst vorsichtig, dann ein bisschen kräftiger. »He, was soll denn das!«, protestierte es da gleich aus der Wand, aber darum konnte sich Ivi jetzt nicht kümmern. Sie wollte hier raus!

Sie boxte mit der Faust gegen die Wand. Aua! Das tat weh!

»Aua, das tut weh!«, beschwerte sich auch die Wand im Chor. Dann eben mit dem Fuß. Ivi trat leicht dagegen – lieber erst mal vorsichtig. Die Münzen schrien erschrocken auf. Ivi hatte es tatsächlich geschafft, eine kleine Delle in die Wand zu treten!

Aber kaum holte sie mit dem Fuß zum nächsten Schlag aus, stand die Münzwand schon wieder völlig glatt da. Und schimpfte ziemlich ungehalten: »Wir verbitten uns das! Das werden wir dem König melden!«

Das stachelte Ivi nur noch mehr an, und sie rammte die Wand jetzt mit der Schulter, mit dem Knie, dann auch die anderen Wände, sie trat mit Anlauf und voller Wucht dagegen!

Doch das Kleingeld federte selbst nach den wildesten Schlägen sofort wieder zurück. Nur die Aufschreie und Verwünschungen der Münzen schwollen immer weiter an.

Und dieses Getöse brachte auch die Schuhe am Boden auf,

sie fingen an zu trappeln und zu treten und übereinanderzuspringen wie eine wild gewordene Herde Murmeltiere, so dass Ivi stolperte und schmerzhaft auf den Hosenboden fiel.

Da saß sie, und um sie herum tobte die ganze Hütte.

»Jetzt bin ich wohl verrückt geworden«, dachte sie. »Ich bin in der Gummizelle gelandet.«

Bis die Schuhe sich mit einem Mal beruhigten. Und auch die Wände verstummten. So dass Ivi das leise Rascheln in ihrem Rücken hören konnte.

Sie fuhr herum.

Da stand mit einem Mal König Futsch in seinem schicken Schutzumschlag und um ihn herum einige andere Geldscheine mit großen Zahlen darauf. Seine Höflinge. Ivi hatte keine Ahnung, wie die hereingekommen waren.

»Meine teure, teure Ivi«, begrüßte er sie unerwartet freundlich, ja geradezu schmeichlerisch. »Willkommen in deinem ganz persönlichen Kaufhaus!«

»Von wegen Kaufhaus«, schnaufte Ivi böse, »das ist ja wohl eher ein Irrenhaus! Lass mich sofort hier raus! Ich will jetzt endlich nach Hause!«

»Aber gewiss, gewiss«, wiegelte König Futsch ab und lächelte ein wenig schief. »Dafür habe ich doch allerkapitalstes Verständnis. Jeder will doch schließlich an den Platz, wo er hingehört, stimmt's?«

»Ja, genau, das weißt du von *mir*!«, begehrte Ivi auf. »Und zum Dank sperrst du mich ein!«

»Weil ich beobachtet habe, wie du drauf und dran warst

zu gehen!«, verteidigte sich der König. »Und das wäre falsch gewesen! Du hast uns die Ordnung gebracht – damit hast du für das Reich der verlorenen Dinge bereits Unschätzbares geleistet, das weißt du selbst.«

»Kann man wohl sagen«, murrte Ivi dazwischen.

»Aber dein Werk ist noch nicht vollendet! Nur einen einzigen Dienst musst du deinem Gastland noch erweisen!«, rief der König beschwörend. »Und dann werde ich persönlich für deine sichere Rückkehr nach Hause sorgen. Mein bares Ehrenwort!«

Ivi musterte ihn argwöhnisch. »Aber davon hast du doch gar keine Ahnung. Du bist doch nur Spielgeld, das mein Vater irgendwann angemalt hat.«

König Futsch erbleichte, wodurch die 33 aufgemalten Nullen an seinem unteren Rand nur noch deutlicher hervortraten. »Das …«, sagte er dann zögernd und sichtlich bemüht, seine königliche Würde zu bewahren, »… das … war … in der anderen Welt.«

Damit hatte er sich wieder gefangen und fuhr mit festerer Stimme fort: »Aber hier bin ich der Größte. Der Wertvollste. Der Herrscher. Meine Unter-Geldscheine berichten mir alles, ich kenne mein Reich bis in den allerletzten Winkel. Auch die Weichen Stellen, die dich so sehr zu interessieren belieben. Ich weiß davon jedenfalls mehr als unser Freund, das Radio.« Der König machte eine bedeutungsvolle Kunstpause. »Zumindest in seinem jetzigen Zustand.«

Auf dieses Stichwort gab die Münzwand eine kleine Lücke

frei. Bevor sie sich gleich wieder schloss, trippelten ein Tennis- und ein Bowlingschuh hindurch und trugen das an ihren Schnürsenkeln festgebundene Frau-Öttinger-Radio herein.

»Da bist du ja!«, rief Ivi freudig. Sie löste die Schnürsenkel und hob es auf. »Entschuldigung, dass ich dich vorhin habe fallen lassen!«

Ivi hielt das Radio nah an ihr Ohr, doch es kam keine Antwort. Nur leeres Rauschen. »O nein! Was ist denn mit dir passiert?!«

Sie stellte die Lautstärke bis zum Anschlag hoch, drehte verzweifelt am Senderrädchen herum, drückte alle zur Verfügung stehenden Knöpfe – doch das Rauschen blieb.

War das Radio jetzt kaputt? Und der Verstand von Frau Öttinger? War der damit – endgültig verloren?

Da meldete sich wieder der König mit sanfter Stimme. »Du siehst, Ivi, das Radio wird uns bis auf Weiteres wohl leider nicht helfen können. Also müssen jetzt wir beide alleine zusehen, wie es weitergehen soll.«

Wenn der König rumflötete, regte er Ivi fast noch mehr auf, als wenn er den großen Angeber markierte.

»Und wenn ich mich weigere, dir deinen ... *Dienst* zu erweisen?«, fragte sie finster.

»Dann warten wir eben alle, bis du es doch tust«, entgegnete König Futsch zuckersüß. »Das ist gar kein Problem. Wie du ja weißt, haben wir hier alle Zeit der Welt.«

Ivi schluckte. Sie hatte wohl keine große Wahl. »Na gut. Um was geht es?«

»Kaufen!«, rief der König wie aus der Pistole geschossen. »Du kaufst dir Dinge und bezahlst mit Geld dafür. Sonst nichts! Pass auf, wir fangen gleich an.«

Sofort wurde er äußerst betriebsam. Er winkte seine Höflinge herbei und bedeutete Ivi, die Scheine aufzuheben. »Hier, damit zahlst du … Und als Erstes kaufst du … die da! Sie haben eine Belohnung verdient für ihre guten Dienste!«

Er zeigte auf die Schuhe. Die wurden gleich wieder ganz lebhaft und drängten sich um Ivi. Jeder wollte als Erster drankommen.

»Aha«, sagte Ivi missmutig. Sie hob die Scheine auf. »Na gut. Dann kaufe ich eben diese ganzen Schuhe hier.« Sie machte mit den Armen eine ausholende Geste.

»Nein, nein, so geht das nicht«, König Futsch schüttelte missbilligend den Kopf. »Weißt du denn nicht, wie man einkauft? Du bist doch ein Mensch!« Er seufzte. »Also, dann erklär ich dir mal, wie das geht. Du musst die Sachen alle *einzeln* kaufen. Schuhe von mir aus auch paarweise, aber da wirst du hier wohl Pech haben, meistens geht ja nur einer verloren. Du kaufst also jeden einzeln. Ist doch auch logisch. Jedes Ding hat ja seinen eigenen Preis!« Er sah sie schief von der Seite an. »Ist jetzt der Groschen gefallen?«

Ivi seufzte. Sie sah ein, dass kein Weg daran vorbeiführte. »Na von mir aus. Bringen wir es hinter uns. Dann kaufe ich also … dich da!«

Sie hob einen rot-weißen Joggingschuh vom Boden auf. Er zappelte und tanzte vor Begeisterung, fast wäre er ihr gleich wieder heruntergefallen. Aufgeregt zeigte er ihr das Preisschild an seiner Seite: Darauf war mit krakeliger Schrift eine »2000« gemalt.

Ganz schön teuer hier, dachte Ivi, noch dazu für nur einen Schuh. Aber sie hielt in ihrer anderen Hand ja auch große Scheine. Sie suchte also aus dem kleinen Bündel zwei Tausender heraus – und hielt inne.

Sie wandte sich an den König: »Und wem gebe ich jetzt das Geld? Dir?«

»I bewahre!« Der König wedelte abwehrend mit den Ecken. »Ich bin doch selber Geld! Das geht nicht!« Aber dann wurde ihm klar, dass es hier ein Problem gab. Er geriet ins Grübeln. »Wir bräuchten einen Verkäufer. Einen zweiten Menschen!«

Ivi musste lachen. »Aber den gibt es hier nicht! Das wird wohl nichts mit dem Kaufen. Dann kann ich ja heim.«

Einen Moment lang sah König Futsch völlig bestürzt drein. Das hatte er offensichtlich nicht bedacht. Aber dann wischte er den Einwand einfach beiseite: »Zum falschen Fünfer noch mal, von sowas lass ich mir doch nicht mein Reich verderben. Wir müssen hier endlich alle etwas gelten, darauf kommt es an. Auf das Kaufen. *Ver*kaufen ist egal. Verkaufen kann irgendwer!«

Und so kam der Arme Bär ins Kaufhaus.

Das freute Ivi schon deshalb, weil sie mit ihm wenigstens ihre Siebensachen wieder alle beisammen hatte. Oder eigentlich ja sogar ihre Achtsachen. (Handschuh, Zehner, Ohrringe,

Jo-Jo, Mütze und Schiffstift lagen sicher und friedlich verstaut in ihrer Indianertasche, und die trug sie jetzt immer über ihrer Schulter, komme, was da wolle!)

Aber vor allem war der Arme Bär natürlich ihr allerältester Freund! Von dem sie jetzt schon das zweite Mal getrennt gewesen war!

Allerdings musste sie zugeben, dass sie es zu Hause doch um einiges einfacher mit ihm gefunden hatte. Schon aus seiner Ankunft im Kaufhaus hatte er ein Riesen-Tamtam gemacht. Gut, das Flaschen-Kommando, das ihn gebracht hatte, war wohl etwas rabiat gewesen, aber er hatte die Flaschen auch fortlaufend auf das Übelste beleidigt.

»Ihr seid alle saublöd, könnt nichts als hu-hu machen! Und auch nur, wenn euch wer auf euer Loch in der Glatze draufbläst!«, hatte er gepöbelt und drohend die Tatze geschüttelt, um die mit einem Band sein Busenfreund Kissi gewickelt war. »Aber meine neuen Freunde werden dem König schon Bescheid sagen, die können nämlich richtig reden: Der Playmobil-Ritter und die Segelyacht-Barbie und der Regenbogenfisch ... nö, der ist ja stumm, aber dafür die Aufzieh-Maunzi-Katze ...«

Ewig hatte er seine tollen Freunde aufgezählt, da waren die Flaschen schon längst wieder durch die Wand verschwunden. Ivi hätte ihm am liebsten mit einer Nadel aus Kissi den Mund zugenäht. Nur ganz kurz natürlich.

Und es kam noch schlimmer.

Eigentlich hatte Ivi ja immer ganz gerne Kaufladen gespielt.

Aber nicht so.

Nicht mit dem Armen Bär als Verkäufer, der immer noch bei jedem Einkauf feilschen wollte und beleidigt herumkreischte: »Du spielst ja gar nicht richtig!«

Wo doch auf jedem Ding ganz klar das Preisschild klebte und Ivi einfach möglichst schnell fertig werden wollte mit dieser völlig sinnlosen Kauferei!

Obwohl, manchmal fand sie es sogar ganz süß, wie ehrfürchtig die Dinge vor ihr waren und wie sich jedes freute, wenn es von ihr gekauft wurde. Und auch das Geld war immer begeistert, endlich mal richtig etwas zu bezahlen! Unter den kleineren Scheinen gab es sogar einen beliebten Chor, wenn wieder besonders viele von ihnen den Besitzer gewechselt hatten:

»Ja, jetzt sind wir wie getauft!
Ivi hat mit uns gekauft!«

Aber sie war doch keine Heilige, dachte Ivi dann. Oder so ein Guru in Indien, zu dem die Massen hinpilgern. Der Arme Bär genoss dagegen seine Macht als Verkäufer. Er belehrte die Dinge gern gönnerhaft, wenn er sie dann endlich Ivi überreichte: »So. Jetzt bist du wer. Jetzt bist du eine Ware!« Den Satz hatte er vom König aufgeschnappt, aber er tat so, als wäre er ihm selber eingefallen.

Viele Dinge wollten dann auch unbedingt bei Ivi bleiben, nachdem sie sie gekauft hatte. Manche kriegte sie kaum mehr los, besonders Essenssachen wie Äpfel oder Wurstsemmeln oder Schokoriegel. Aber was sollte sie damit, wo

10 050618
€ 0.30
1000
50
14 170718
€ 1.00

sie hier doch nie Hunger hatte? Und Schmuck! Eine Halskette hätte sie sogar fast erwürgt, die musste sie mit aller Kraft von sich reißen, und auch den Rest der Ketten schickte sie wieder weg. So ging's ja echt nicht!

Wahrscheinlich, hatte sie später überlegt, kam das beim Schmuck oder beim Essen daher, dass sie drüben in der Welt so wichtig und begehrt gewesen waren – und hier konnte keiner was mit ihnen anfangen. Was war schon Schmuck, den keiner trug, und Essen, das keiner aß? Unnütz! Da hatten es ein Hammer oder ein Eimer schon leichter.

Dabei hätte Ivi alles behalten dürfen, was sie wollte! »Gekauft ist gekauft«, hatte König Futsch zu ihr gesagt und noch recht großzügig dabei getan – aber wo sollte sie denn hin mit dem ganzen Krempel in ihrem winzigen Kaufhaus?

Nur eine Sache behielt sie reichlich und steckte sie in ihre Indianertasche: Luftballons. Viele viele Luftballons.

Das war nämlich ihre Lieblingsbeschäftigung, wenn sie mal Pause machte: Luftballons dabei zusehen, wie sie sich selbst aufbliesen und ganz von alleine durch die offene Decke hinaufstiegen. Hier mussten sie dazu nicht mal mit so einer besonderen Gasflasche aufgepumpt werden, wie damals bei Julies Geburtstagsfeier. Da hatte sie den Ballons lange nachgesehen, wunderschön war das gewesen.

Wenn Ivi jetzt den Ballons hinterhersah, dann dachte sie an die Feier und ihre Freundin und wie lange sie sie schon nicht mehr gesehen hatte, und dann stellte sie sich vor, wie es wäre, wieder draußen zu sein: Weit weg, weit hinter dem immer gleichen trüben Licht über dem Reich der verlorenen Dinge. Zu Hause.

Und dann dauerte es nie lange, bis der Arme Bär wieder zu quengeln anfing: »Menno, jetzt denkst du schon wieder dran, wie du von hier abhauen kannst!«

»Nein, nein«, sagte Ivi dann immer ganz schnell und machte die Indianertasche zu, bevor die anderen Ballons sich auch noch aufpumpten. »Wir bleiben alle schön hier!«

Denn sie wusste ja: Im Kaufhaus haben die Wände Ohren.

ZWÖLFEINHALBTES KAPITEL

IN DEM FRAU ÖTTINGER SEHR ENTSCHLOSSEN VORGEHT

Ach, wozu brauch ich ein Radio, dachte sich Frau Öttinger. Ich weiß ja schon, wie ich die Butter »streichzart« bekommen kann.

Sie überlegte. Wie ging das gleich noch mal?

Natürlich, wie konnte sie das vergessen. Man legte die Butter einfach nicht *in* den Kühlschrank, wo sie kalt und hart wurde, sondern *hinter* den Kühlschrank, dort musste sie warm und weich werden.

Das ist ja völlig logisch.

Sie nahm also die Butterdose und quetschte sich damit an der Spüle vorbei zur Hinterseite des Kühlschranks.

Ha, hier war sie ja noch nie gewesen!

Sie bückte sich also unter großer Mühe, um die Butter in die Lücke zwischen Kühlschrank und Wand zu legen. Dabei rutschte ihr sogar ihr Riesencowboyhut mit den Hörnern vom Kopf.

Sie hatte gerade die Butterdose in die Lücke hineingelegt, da stieß sie mit den Fingern an etwas.

Eine Art Kästchen.

Ja, was war denn das?

Sie zog an dem Kästchen, aber es klemmte ganz steif und bockig und wollte nicht heraus.

»Na, du bist ja nicht gerade streichzart!«, rief Frau Öttinger.

Beirut
Alicante
New York
Bordeaux
Hörby
Irland
Brüssel
Hilversum
RIAS
München
Toulouse
Hamburg
ROM
Nancy
Schweiz
London
Israel
Wien
Athen

DREIZEHNTES KAPITEL

IN DEM DAS KAUFEN ALLMÄHLICH BEDROHLICHE AUSMAẞE ANNIMMT

Schuhe, Süßigkeiten, Fahrradventile, Mehrfachstecker, Gläser, Regenschirme (Regenschirme, so viele verlorene Regenschirme!), Bücher, Anoraks, Ringe, Feuerzeuge, Bürsten, Semmeln, Strumpfhosen, Ketten, Bälle (Fußbälle, Plastikbälle, Wasserbälle, Hüpfbälle, Tennisbälle, Tischtennisbälle, Gummibälle, was es nicht alles für Bälle gab!), Getränkedosen, Vorhanglitzen, Nagelfeilen, Luftballons, Fischfutterdosen, Heftpflaster, Brillen, Brillenetuis, Brillenputztücher, Käsereiben, Hüte, Fahrradreifen, Taschentücher (benutzt), Taschentücher (unbenutzt), Holzklötzchen, Spielzeughandys, Fieberthermometer.

Und natürlich, weil der Arme Bär unbedingt darauf bestanden hatte, Nadeln. Gleich nach den Schuhen. Zum Nadel-Ätschi spielen.

All das hatte Ivi bis jetzt gekauft.

Und immer gleich einen Berg davon.

Aber langsam hatte sie die Nase voll. Und da half auch kein unbenutztes Taschentuch. Dieses Dauershopping in dem albernen »Kaufhaus« war schrecklich langweilig. Außerdem dauerte es eine Ewigkeit, weil sie ja jedes Ding einzeln erwerben musste.

Sie hatte den König gefragt, wann sie denn endlich genug

angeschafft hätte. Der König hatte sie daraufhin so komisch von der Seite angesehen, dann hatte er breit gegrinst und gemeint: »Aber liebe Ivi, wer wird denn jetzt schon an Kassensturz denken?! Ein bisschen musst du schon noch weiterkaufen. Sieh doch nur, wie viel Glück du hier allen bringst!«

Und er hatte auf die Dinge gezeigt, die wie belämmert vor Freude aus dem Kaufhaus wankten, nachdem Ivi sie gekauft hatte.

Ivi hatte geseufzt und gemeint, »Gut, ein bisschen kauf ich noch weiter, aber irgendwann muss auch mal Schluss sein.«

König Futsch hatte gütig genickt. »Ja, ja, irgendwann, irgendwann …«

Doch dann passierte etwas, das Ivi gar nicht mehr für möglich gehalten hätte. Nämlich etwas Interessantes.

Die Kleingeldwand hatte sich gerade hinter dem letzten Fieberthermometer wieder geschlossen, da plärrte der Arme Bär auf einmal los: »Kissi! Kissi!!! Wo bist du?«

Ivi drehte sich zu ihm um. Er lief wie von der Honigbiene gestochen herum und durchsuchte jeden Winkel. Was nicht lange dauerte, das Kaufhaus war ja sehr übersichtlich. »Gerade war Kissi noch da!«, keuchte er empört, während er unter das kaputte Frau-Öttinger-Radio schaute. Aber kein Kissi weit und breit, und auch nicht eng und schmal.

Da fiel sein Blick auf Ivi, und seine Bärenknopfaugen verengten sich zu Schlitzen. Mit einem kleinen Hopser wetzte er auf sie zu, kletterte wütend an ihrem Hosenbein hinauf bis zu ihrer Stirn und klopfte dabei jeden Zentimeter an ihr ab wie ein Drogenfahnder. Das kitzelte, Ivi musste lachen.

»Das ist nicht lustig!« Der Arme Bär weinte fast vor Zorn und Verzweiflung. »Tasche auf!«

Ivi öffnete die Schnallen, und der Arme Bär stürzte sich kopfüber hinein. Drin machte er einen Radau wie sechs Frettchen im Sack. Die Siebensachen und die Ballons schmiss er einfach hinter sich. (Aber die Tasche mit ihrer Stoffklappenzunge fing geschickt alles wieder ein, die Gute.)

Doch der Arme Bär fand nichts. Der Radau hörte auf.

Stattdessen tönte aus dem Inneren nun ein klägliches Wimmern: »Kissi ist wee-he-he-heeeg!« Gefolgt von einem erbärmlichen Geheul.

Ivi holte den Armen Bär behutsam aus der Tasche heraus und nahm ihn tröstend in den Arm. »Aber es kann ja gar nicht weg sein. Du hast es gerade noch gehabt, ich hab's doch gesehen!«

»JAAA!«, plärrte der Arme Bär gleich wieder los, dass es Ivi in den Ohren klingelte, »Ich hab es in der Tatze gehabt. In der da. Und auf einmal - PLOPP! WEG!«

Darauf folgte ein derart lautes und nicht enden wollendes Geheul – es war nicht auszuhalten, nicht einmal für die Wände des Kaufhauses. (Manchmal ist es eben doch nicht so vorteilhaft, wenn die Wände Ohren haben!) Die Münzen wackelten und zitterten so, dass der ganze Raum einzustürzen drohte. Dazu kam es leider nicht.

Denn wenig später stand König Futsch im Raum. »Was ist denn… ähem, WAS IST DENN DAS FÜR EIN

BÖRSENKRACHARTIGER KRACH?«

Der Arme Bär hörte keineswegs auf mit dem Geschrei, das machte die Unterhaltung zwischen Ivi und König Futsch schwierig.

Sie rief: »SEIN KISSI IST WEG. WIE KANN DAS SEIN? ER HATTE ES GERADE NOCH, UND AUF EINMAL – PLOPP! WEG!«

Das steigerte das Geheul noch!

König Futsch brüllte dagegen an: »ABER DAFÜR GIBT ES EINE GANZ EINFACHE ERKLÄRUNG!!!«

Schlagartig brach das Geheul ab.

»Ach echt?«, fragte der Arme Bär neugierig.

»Und welche?«, fragte Ivi hinterher.

»Nun ja«, begann der König. Und lauschte erst einmal dieser angenehmen Ruhe hinterher.

Dann fuhr er fort: »Das kommt immer wieder vor. Die Wissenschaftler auf unseren Geldscheinen sprechen dann von ›spontaner Reinkarnation‹.« Er nickte bedächtig.

Doch als er sah, dass Ivi und der Arme Bär gar nichts verstanden und der Arme Bär drauf und dran war, schon wieder loszuheulen, fügte er eilig hinzu: »Man könnte aber auch einfach sagen, dein Freund Kissi ist weg, weil er nicht mehr verloren ist. Kissi ist – gefunden worden.«

Um ein Haar hätte Ivi den Armen Bär fallen lassen. Sie musste sich verhört haben. »Gefunden? Das kann passieren?«

Da musste der König kichern. »Also bitte, was für eine Frage, und ausgerechnet von einem Menschen, höhö. Du hast doch sicher auch schon einmal etwas gefunden.«

Ivi stutzte einen Moment. »Äh, stimmt. Ja, doch.« Komisch, dass sie daran gar nicht gedacht hatte. Klar, manchmal passierte es, dass man Dinge wiederfand, die lange verloren waren.

»Naja, profitlicherweise passiert es aber nicht so oft«, setzte der König gutgelaunt hinzu, »sonst könnte man sich hier ja auf gar nichts mehr verlassen...«

»Und geht es Kissi gut, da wo es gefunden worden ist?«, fragte auf einmal der Arme Bär dazwischen.

»Aber ja«, antwortete der König. Er war jetzt ganz die gütige Majestät. »Kissi wird bald wieder viele spitze Nadeln in sich drin haben und in einem schönen Nähkorb wohnen.«

»Das freut mich aber für ihn!«, sagte der Arme Bär aufrichtig und wischte sich schnüffend mit der Tatze die Tränchen weg. Er war im Grunde doch eine gute Seele. »Aber wie hat es das gemacht? Gefunden werden?«

»Das kann man nicht ›machen‹«, antwortete der König gewichtig. »Das kann einem nur passieren. Da braucht man sich gar nichts einbilden, hochgeschätzter Armer Bär.«

Man kann also gefunden werden, aber selber nichts dafür machen, dachte Ivi. Ist das jetzt eine gute oder eine schlechte Nachricht?

»Aber ich habe eine gute Nachricht für dich, Ivi«, wandte sich König Futsch nun an sie. »Du musst gar nicht gefunden werden. Ich höchstpersönlich werde dich nach Hause bringen.«

»Was???«, entfuhr es Ivi schockiert. Hatte sie da gerade

richtig gehört? »Wie soll denn das gehen? Und wann denn?«

»Nun, zuerst musst du natürlich erst mal alles gekauft haben, das ist ja klar wie Konkursmasse«, entgegnete der König behaglich.

Jetzt erschrak Ivi erst recht. Alles sollte sie kaufen? Jedes einzelne Stück hier in diesem größten Reich der Erde? In dem es wahrscheinlich mehr als 500 Quintilliarden und 1 Dinge gab?

»Das schaffe ich nie«, brachte Ivi verzweifelt hervor, »ich bin doch kein Kauf-Automat!«

Der König schien ein bisschen irritiert.

»Nein, nein, du bist kein Automat«, wiegelte er schnell ab, »ein Automat wäre ja ein Ding. Du bist ein Mensch! Und dadurch unersetzbar!«

»Ja, ich bin ein Mensch«, sagte Ivi fest. Sie witterte jetzt eine Chance, schneller hier herauszukommen. »Und ein Mensch hat einen Willen. Und eins kann ich dir sagen: Ich will nicht mehr! Sowas ist viel schlimmer, als wenn ein Automat kaputt geht. Denn wo kein Wille ist, da ist auch kein Weg.«

»Wo kein Wille, da auch kein Weg…«, echote König Futsch. Ganz hatte er das nicht verstanden. Aber er kapierte immerhin so viel, dass Ivi es ernst meinte.

»Gut, du hast keinen Willen, alles zu kaufen, das habe ich richtig verstanden, ja? Dann kaufe doch erst einmal nur die wichtigen Dinge.« Er blickte sie erwartungsvoll an.

»Und was sind die wichtigen Dinge?«

»Wie, was sind die wichtigen Dinge? Dinge eben, die besonders wichtig sind.« König Futsch fand Ivi ziemlich begriffsstutzig.

»Aber für jeden ist doch etwas anderes wichtig.«

»Na, dann kauf eben die Dinge, die dir wichtig sind. Das ist doch ganz einfach, beim geplatzten Reisescheck, das muss man doch nicht immer alles so kompliziert machen.« Er verstand diesen Menschen einfach nicht. »Und jetzt lass mich dir endlich meine großen Pläne erzählen. Also: Wenn wir alle hier – oder fast alle - erst mal was wert sind, habe ich mir überlegt, dann wird es Zeit für den nächsten Schritt. Ein Herrscher muss vorausschauend denken!«

»Welcher nächste Schritt?«

»Nun, unser Dank an dich, und deine Belohnung. Ich werde dich im Triumphzug nach Hause geleiten! Und dann werde ich mit den Herrschern der Menschenreiche sprechen! Mit der Königin von England, dem Papst, diesem Herrn der Ringe ...«

»Die Königin von England ist saublöd«, krähte der Arme Bär dazwischen, »die versteht man gar nicht!«

»Und den Herrn der Ringe gibt es in Wirklichkeit gar nicht«, fügte Ivi hinzu.

»So? Über den fliegen hier aber jede Menge Bücher herum«, meinte der König verdrossen. »Na egal, die Wichtigen eben. Die müssen alle mit mir reden und die überragende Bedeutung des Futsch anerkennen. So wie es dem Herrscher des größten Reiches der Welt gebührt, findest du nicht?«

Ivi schwirrte der Kopf. Schön und gut, dass endlich mal etwas Interessantes passierte – aber allmählich wurde es fast ein wenig zu interessant. Sie sollte den König mit zu sich nach Hause nehmen? Und dann die Königin und den Papst treffen?

»Äh, w…wie sollen wir denn da überhaupt hinkommen?«

Der König strahlte. Auf diese Frage hatte er gewartet. »Wir bauen einen Turm! So wie du es mit dem Bretterpalast vorgemacht hast. Wir bauen einen Turm bis hinauf zu der Weichen Stelle, durch die du hereingekommen bist. Da steigen wir durch – und schon sind wir bei dir zu Hause!«

»Wir beide?« Für Ivi klang das völlig verrückt. Sie stellte sich kurz vor, wie sie mit dem König in der Tasche durch ihr Zimmer aus dem Haus hinaus zum Bahnhof ging und in den Zug nach Rom stieg, um zum Papst zu fahren. Total plemplem.

»Wir beide«, jetzt begannen die Augen des Königs richtig zu strahlen, »und mein ganzes Volk dazu. Du solltest sehen, wie stolz meine Untertanen auf sich sind, jetzt, da du sie gekauft hast. Wir wollen uns zeigen in der Welt!«

Ivi brauchte ein wenig, bis sie sich das vorstellen konnte: Der ganze Strom aller jemals verlorenen Dinge, wie er durch ihr Zimmer… aus dem Haus hinaus … zum Bahnhof … und dann in den Zug nach Rom ….

»Moment. Du meinst, alle Dinge kommen gleichzeitig wieder zurück?« Das klang jetzt nicht mehr total plemplem – sondern richtig bedrohlich! »Aber das sind doch viel zu viele! Die passen da doch nie alle rein! Bei mir ins Zimmer nicht und nicht mal in die ganze Welt!«

»Ach was«, winkte der König herablassend ab, »nur nicht zu kleingeldlich denken. Dann rücken eben alle ein bisschen zusammen. So, jetzt muss ich aber zurück zum Regieren. Die Unterteller sind noch nicht alle ausgepreist.«

Zum Abschied winkte er Ivi noch einmal huldvoll zu. »Du siehst: Ich denke durchaus an dein Wohl, hochgeschätztes Menschenkind.«

Die Münzen in der Wand bildeten eine ehrfurchtsvolle Gasse, und der König verschwand.

O nein, dachte Ivi, o nein. Was mach ich nur? Aber fürs Erste fiel ihr nichts Besseres ein als: Einfach weiter zu kaufen.

Wenigstens machte der Arme Bär keinen Kissi-Terror mehr. Anstatt des ewigen Nadel-Ätschi spielte er in den Kaufpausen jetzt mit Ivis Siebensachen: Ohrringe-Jonglieren zum Beispiel oder, besonders gern, »Ich sehe was was du nicht siehst« mit dem Handschuh. Weil er da immer gewann.

Oder er drückte und drehte am Radio herum. Zuerst hatte Ivi es ihm noch verboten, weil sie hoffte, der Frau-Öttinger-Verstand würde sich irgendwie von selber zurückmelden. Sie brauchte ihn doch so dringend, um hier wegzukommen! Und um zu verhindern, dass König Futsch seinen wahnsinnigen Turm baute und die Welt mit Dingen überschwemmte!

Aber inzwischen ließ sie dem Armen Bär das Radio – kaputter als kaputt konnte es nicht gehen. Und ab und zu erwischte er tatsächlich einen Fetzen von einem Sendersignal: ein schwaches »... Regen mit einzelnen Aufheiterungen...« oder ein fernes, verrauschtes »... der coolste Sound der Stadt!«

Dann wurde Ivi immer gleich ganz heiß vor Heimweh – aber einen Moment später war der Empfang schon wieder weg.

Und dann passierte noch etwas Interessantes. Da hatte Ivi wieder bereits eine Menge Malkästen und Hörspiel-CDs gekauft. Sie sollte sich ja Dinge aussuchen, die ihr wichtig waren. Auch einen ganzen Berg von Uhren hatte sie gekauft. (Nicht, weil ihr die wichtig gewesen wären, aber die Uhren kamen ihr so traurig und still vor. Schließlich verging hier ja nie das kleinste bisschen Zeit!)

Sie hatte in der Pause gerade mal wieder einen Luftballon steigen lassen und dachte zum tausendmillionsten Mal über einen möglichen Ausweg nach – da plumpste dem Ballon etwas entgegen!

Von weit weit oben stürzte es herab, streifte ihn sogar noch – und fiel direkt in Ivis Hand!

Es war ein Schlüsselanhänger mit einem kleinen Plüschkätzchen dran. Ganz verwirrt maunzte es: »Miau, miau, ich bin doch nur mal kurz der lieben Marie aus dem Schulranzen gerutscht. Wo bin ich denn jetzt gelandet?«

»Du bist ... verloren gegangen«, antwortete Ivi völlig überrascht und sah wieder nach oben. »Durch eine Weiche Stelle. Ich wusste gar nicht, dass da eine ist ...«

Eine Weiche Stelle direkt über ihr, das war allerdings eine außerordentliche Entdeckung, dachte Ivi. Sie sah sich verstohlen nach allen Seiten um und deckte den Schlüsselanhänger mit der anderen Hand ab. Aber in den Wänden des Kaufhauses tat sich nichts, sie schienen nichts mitbekommen zu haben.

»Verloren? Aber was wird denn jetzt aus mir, miau miau?«,

jammerte das Plüschkätzchen in ihrer hohlen Hand.

»Psst«, wisperte Ivi und hob ihre Hände ganz nah an ihren Mund. »Hab keine Angst, kleines Kätzchen. Weißt du was? Ich kaufe dich.«

»Das ist schön, miau!«, tönte es freudig heraus. »Ja, kauf mich! Wie heißt du denn?«

»Ivi. Aber jetzt sei still, sonst ... sonst wirst du zu teuer!«

»Ah, miau, verstehe!«, flüsterte es verschwörerisch zurück.

Ivi stupste also den Armen Bär neben ihr an. »Du, kann ich mal schnell was bei dir kaufen?«

Aber der war gerade wieder mit dem Radio beschäftigt, er presste mit steiler Stirnfellfalte sein Ohr gegen den Lautsprecher.

»He, Verkäufer, ich will was kaufen!«

Doch der Arme Bär winkte ungeduldig ab. »Keine Zeit, ich hab zu tun!«

»Es dauert nur eine Sekunde!« Ivi griff sich einen 100-Dollar-Schein, Geld lag ja im Kaufhaus immer griffbereit, und öffnete die Hand mit dem Schlüsselanhänger. »Da, das will ich.«

Endlich hob der Arme Bär seinen Kopf vom Lautsprecher. Äußerst unwillig betrachtete er das Ding in Ivis Hand. »Da ist ja nicht mal ein Preisschild dran. Aber bitte.«

Er ergriff den Anhänger und ließ sich von Ivi die Banknote geben. (Der darauf abgebildete Benjamin Franklin rief freudig wie immer: »Yeah, it's good to be money!«)

Dann bekam Ivi den Anhänger wieder zurück und verstaute

ihn umgehend in ihrer Indianertasche. Sie hörte das Plüschkätzchen glücklich schnurren.

»So, jetzt lass mich wieder in Ruhe«, sagte der Arme Bär unwirsch und wandte sich wieder dem Radio zu. Aber bevor er sein Ohr wieder an den Lautsprecher legte, drohte er ihm noch mit der Tatze: »Und du musst auch netter sein, sonst hör ich dir nicht mehr zu!«

»Mit wem redest du denn da?«, fragte Ivi leicht genervt. »Hast du dir jetzt einen neuen Freund ausgedacht?«

»Pah, von wegen ausgedacht!«, antwortete der Arme Bär hochmütig. »Ich hab die da drin nur leise gestellt, damit sie uns nicht wieder dauernd rumkommandieren kann.«

»Wieso, wer ist denn da drin?«, fragte Ivi verblüfft.

Sie wollte sich das Radio greifen, aber der Arme Bär hielt es störrisch fest: »Die meckert ständig rum, mit mir will die gar nicht reden, blablabla, ich soll gefälligst dich holen! Saublöd ist das!«

Ivi packte den Armen Bär am Fellarm. »Wieso sollst du mich holen?« Plötzlich begriff sie. Sie ließ seinen Arm los. »Du meinst, das ist …«

»Aua!«, quengelte der Arme Bär und rieb sich beleidigt den Arm. »Ja, genau. Die ganze Zeit stänkert die mich schon an, wie eine doofe Lehrerin! Aber einer wie ich, ein VERKÄUFER, der muss sich das nicht gefallen lassen, nicht mit mir, aber oho!«

VIERZEHNTES KAPITEL

IN DEM ES AUF EINMAL GANZ SCHNELL GEHEN MUSS

Eins musste Ivi dem Armen Bär lassen: Es war ziemlich schlau von ihm gewesen, das Radio leise zu drehen!

So kriegten die Wände mit ihren Ohren nämlich nicht mit, dass er den Sender mit dem Verstand von Frau Öttinger wiedergefunden hatte.

Und darum drehte Ivi das Radio auch erst mal nicht lauter. Sie redete auch gar nicht mit ihm.

Stattdessen ließ sie den Armen Bär dem Radio alles erzählen: Was hier im Kaufhaus los war. Was für ein toller Verkäufer der Arme Bär war und wie viel Ivi ihm schon abgekauft hatte. Natürlich auch, wie Kissi verschwunden war. Was der König vorhatte, wenn die Einkäufe erledigt waren, das vor allem. Aber auch die Sache mit dem Katzen-Schlüsselanhänger und der Weichen Stelle – das hatte Ivi dem Armen Bär nämlich noch einmal ganz genau erklärt.

Doch sie hatte dabei immer so getan, als wären die Gespräche mit dem Radio nur so ein albernes Armer-Bär-Spiel. Und der Arme Bär tat dabei auch sehr eifrig mit, er kam sich hervorragend großartig und wichtig vor, wie sie beide den Wänden etwas vormachten. »Ich unterhalte mich mal wieder mit meinem Freund im Radio!«, verkündete er dann immer wie auf einer großen Bühne. »Im *Spiel*!« Und zwinkerte Ivi dabei so überdeutlich zu, dass sie schon Angst hatte, die Münzen in den Wänden könnten doch Verdacht schöpfen.

Da konnte sie aber unbesorgt sein. So clever ist Kleingeld dann eben doch nicht.

Der Arme Bär erzählte natürlich immer alles in allen Einzelheiten und stets unter besonderer Hervorhebung seines eigenen unschätzbaren Beitrags. Das dauerte viel länger, als Ivi gebraucht hätte. Sie vertrieb sich die Langeweile, indem sie weitere Dinge kaufte. Nichts, was ihr irgendwie wichtig gewesen wäre. Dinge waren ihr nämlich eigentlich gar nicht so wichtig. Nicht so wichtig jedenfalls wie Menschen oder wieder daheim sein. Also kaufte sie irgendwas. Zum Beispiel verlorene Kassenzettel. Unfassbar, wie viele es von denen gab!

Aber schließlich wusste der Frau-Öttinger-Verstand endlich über alles Bescheid, was seit Ivis Ankunft im Kaufhaus passiert war. Sogar über ihre langweilige Vorliebe für Luftballons.

Dann, so berichtete der Arme Bär hinter vorgehaltener Hand, musste der Verstand nachdenken. Sehr gründlich nachdenken.

Ivi kaufte derweil alle verlorenen Eierbecher der Weltgeschichte. Das war mal eine schöne Abwechslung, weil viele davon ziemlich lustig aussahen: knallbunt, wie kleine Hühner, mit Hasen- oder anderen Tierohren, ein paar hatten lustige Kulleraugen, und einer sah aus wie ein Ritter mit

Visier zum Hochklappen (da kam das Ei drunter), und statt einer Lanze hielt er einen Plastiklöffel in der Hand.

Aber irgendwann kam der Arme Bär endlich mit dem Radio zu ihr herübergeschlendert, gaaaanz beiläufig, und sagte: »Du, das Radio will was von dir.« Und dann, ganz besonders laut: »Natürlich nur im SPI-HIIEL!«

Er hielt Ivi das Radio ans Ohr, und da hörte sie zum ersten Mal wieder die Stimme des Frau-Öttinger-Verstandes. Er sagte: »Du musst dringend Küchengeräte kaufen, meine Liebe …«

Doch bevor Ivi nachfragen konnte, was genau für Küchengeräte sie kaufen sollte und wozu sie die überhaupt brauchen würde, verstummte das Radio auch schon wieder, und Ivi fuhr herum. War da ein Zucken in den lauschenden Wänden gewesen? Hatten sie was gemerkt?

Sie drückte dem Armen Bär das Radio in die Hand und sagte so harmlos wie möglich: »Da hast du deinen Freund wieder. Er möchte lieber wieder mit dir spielen.«

»Ja!«, krakeelte der Arme Bär fröhlich. »Ist ja auch *mein* SPIELfreund!«

»So.« Ivi räusperte sich. Dann verkündete sie laut: »Zurück an die Arbeit. Als Nächstes, hab ich mir gedacht, möchte ich Küchengeräte kaufen!«

Ivi hörte ein winziges Klimpern in einer Ecke der Wände. Wie üblich machten sich einige der Münzen sofort auf, ihren

Befehl auszuführen und die Küchengeräte herbeizuholen.

Sie atmete auf. Offenbar war alles in Ordnung, das Radio hatte einen Plan, wie sie hier herauskamen. Aber sie hütete sich davor, es noch einmal zu befragen, damit die Münzen nicht am Ende doch Wind davon kriegten.

Sie musste selber draufkommen, was es gemeint hatte.

Und zwar schnell.

Ivi wollte sich zusammenreißen und überlegen, aber genau das Zusammenreißen machte das Überlegen so schwer. Denn kaum dachte sie daran, warum sie so dringend von hier entkommen wollte, kamen auch gleich wieder die Bilder daher: Wie der Zug der Dinge mit König Futsch an der Spitze in ihr Zimmer hineinkletterte, wie sich immer mehr Dinge darin stapelten, es hörte gar nicht auf – wie es voll wurde bis zur Decke – wie unter dem Gewicht die Wohnung, das ganze Haus zusammenbrach – und die Flut der Dinge ihre Straße überschwemmte, ihre Stadt, das ganze Land, die ganze Welt – alles bedeckt von dem Gepurzel und Gewimmel der zurückgekehrten verlorenen Dinge.

Ein ... wie hieß das Wort gleich wieder? grübelte Ivi, sie hatte es mal in einem großen Bildband über einen Maler aus dem Mittelalter gelesen – genau: ein »Inferno«!

Aber nein, darum geht es ja gar nicht. Es geht um den Ausweg! Hier raus, und zwar ohne dass alle anderen mitkommen!

Und anscheinend mit einem Küchengerät – das hatte das Radio ja wohl gemeint.

Aber mit was für einem, verflitscht und verflutscht noch mal???

Da öffnete sich vor ihr die Wand, und die ersten kamen herein. (Der Küchengeräte-Haufen lag anscheinend gleich um die Ecke des Kaufhauses.) Und Ivi erkannte sofort: Es gab noch weit mehr Küchengeräte, als sie befürchtet hatte.

Die Schlange wurde angeführt von einer Käsereibe.

Und wie üblich postierte der Arme Bär sich daneben und nahm eine gewichtige Verkäuferpose ein. Das Radio stand auch bei ihm.

Ivi griff sich aus der Ecke des Raums ein Bündel Geldscheine und ein Säckchen Kleingeld und überlegte dabei fieberhaft: War es das, was sie für ihre Flucht brauchte? Eine Käsereibe? Jetzt durfte sie keinen Fehler machen!

Sie spürte ihr Herzklopfen. Wie ein großer Glockenschlegel pochte es gegen ihren Brustkorb.

Die Käsereibe streckte ihr stolz ihr Preisschild entgegen. »0,20« stand darauf.

»Eine Käsereibe«, verkündete der Arme Bär vornehm, als wären sie bei Hofe, »für wohlfeile 20 Cents!«

»Du bist ja wirklich preiswert«, sagte Ivi, hob die Reibe zu sich hoch und betrachtete sie von allen Seiten. Sie wusste ja, wie gern die Dinge das mochten. Die Reibe rieb zart und voller Zuneigung gegen ihre Handfläche. Aber diesmal begutachtete Ivi sie vor allem darum so ausführlich, weil sie Zeit gewinnen wollte. Sollte sie sich damit den Weg hinaus*reiben*? Oder an den Geldwänden kratzen, damit die sie hier rausließen? Sie betrachtete die Reibe ein wenig ratlos und fragte mit einem Seitenblick auf das Radio neben dem Armen Bär: »Hm, wozu könnte ich dich hier denn brauchen?«

Doch das Radio blieb stumm. Ivi zögerte – dann beschloss sie, dass die Käsereibe wohl nicht gemeint gewesen war.

»Naja«, sagte sie also ganz nett und freundlich, »ich habe hier zwar gar keinen Käse – aber ich kaufe dich trotzdem. Hier, zwanzig Cents, bitte schön!«

Sie kramte aus dem Beutel eine Münze, und die sprang eifrig in die Pfote des Armen Bären.

»Wie, ich will aber dreißig!«, keifte der gleich wieder los. Er konnte es einfach nicht lassen, auch nach geschätzten 100 000 Dingen nicht, die Ivi ihm schon abgekauft hatte!

Ivi seufzte. »Zwanzig steht auf dem Preisschild, so viel hast du auch gesagt, und so viel zahle ich. Punktum.«

Das sagte ihr Papa im Geschäft nämlich auch immer, wenn jemand mit ihm über irgendeine Schraubensorte feilschen wollte.

»Na gut«, schmollte der Bär, »die Reibe gehört dir. Bitte schön.«

»Danke schön«, antwortete Ivi wie immer, setzte die Reibe auf den Boden und entließ sie mit einem sanften Stups. Sie entfernte sich leicht torkelnd vor Glück und verließ das Kaufhaus durch die Lücke, die sich kurz vor ihr auftat.

Ivi sah ihr hinterher und dachte, hoffentlich hab ich jetzt nichts falsch gemacht!

Aber da stand auch schon das nächste Küchengerät vor ihr.

Eine Saftpresse. Hm, auch nichts, oder?

Und danach ein Pizzaschneider. Kommt man mit dem durch die Weichen Stellen? Wenigstens gut zum Münzen-Zerschneiden? Nee.

Dann Kartoffelschäler, gleich drei hintereinander.

Nudelholz.

Milchtopf.

Schneebesen.

Küchenwaage mit Batterie.

Muffinförmchen.

Nudelzange. Vielleicht als Kletterhaken? Nein, dafür waren die Wände zu glatt.

Schaumlöffel.

Rührstab.

Milchschäumer.

Knoblauchpresse.

Kleine Pfanne.

Eisportionierer.

Ivi drehte und wendete jedes einzelne Ding und zermarterte sich dabei ihr Hirn, wozu sie es auf der Flucht benutzen könnte, aber ihr fiel einfach nichts ein.

Nichts nichts nichts.

Sie hatte ja auch nicht viel Ahnung von Küchengeräten: Das Einzige, was sie kochen konnte, also so richtig und nicht nur warm machen, waren Rühreier und Schokopudding.

Und sie merkte schon, dass sie nicht mehr ganz so gut aufpasste. Das war jedes Mal so, irgendwann wurde es einfach zu viel, dann dämmerte sie allmählich weg und kaufte eigentlich nur noch so vor sich hin, als wäre sie eben doch ein Kaufautomat. Sie benutzte nur ihre Hände und ihren Mund, das Hirn verkrümelte sich woandershin, gewöhnlich nach Hause oder zu Julie. Was die wohl gerade machte? Wahrscheinlich Hausaufgaben oder so ...

Aber das ging jetzt nicht! Nicht bei den Küchengeräten! Die Zukunft der Welt stand auf dem Spiel! Ivi!

Sie gab sich selbst eine kleine Ohrfeige. Wach bleiben!

So, was kommt als Nächstes ... ah ja, ein Quirl, was könnte man denn da ...

Ein Quirl.

Ein Quirl?!?

War das vielleicht ...

Ivi überlegte. Aber wieso hatte das Radio dann nicht gleich gesagt: »Kauf den Quirl!«, anstatt so sonderbar rätselhaft von »Küchengeräten« zu sprechen? Wahrscheinlich hatte es Angst gehabt, sie beide und ihren Fluchtplan zu verraten ...

»Ein Quirl, für 400!«, trompetete der Arme Bär feierlich. Für ihn war das ein Küchengerät wie jedes andere. Er hatte den fliegenden Quirl ja nie getroffen. Da war er längst in dem Riesenbärenknäuel weggerollt gewesen, das dann zum Stoff-Superball wurde.

Aber Ivi war sich noch nicht sicher.

Sie nahm den Quirl vorsichtig in die Hand und betrachtete ihn von allen Seiten. Hm, grün-weiß war er schon mal, wie ihr guter alter Captain. Aber hatte der fliegende Quirl nicht einen winzigen Sprung gehabt? Genau da, wo jetzt das Preisschild klebte?

Sie zupfte ein wenig an den Ecken herum.

»Wer's kaputt macht, zahlt!«, rief der Arme Bär spitz, ganz der Profi-Verkäufer.

»Tu ich doch sowieso«, murmelte Ivi. Sie zog das Preisschild zur Seite …

Ein kleiner Sprung. Tatsache. Er ist es. Ihr alter Helfer, der Quirl, der sich für ein Motorflugzeug hielt.

Ivi biss sich auf die Lippen. Jetzt nur ganz ruhig bleiben, dachte sie. Sie sah kurz hinüber zum Radio: Stimmt, da hat sich was verändert – seine Antenne zeigte auf einmal senkrecht nach oben!

Das Frau-Öttinger-Radio hat also tatsächlich den Quirl gemeint, so viel steht fest, dachte Ivi, während sie weiter so tat, als würde sie das Gerät untersuchen.

»Willst du vielleicht noch ein bisschen rumhandeln?«, fragte der Arme Bär lockend. Er hatte ja keine Ahnung!

»Ja, ja, gleich«, sagte Ivi zerstreut. Sie musste nachdenken!

Also, fing sie an, der Frau-Öttinger-Verstand glaubt offenbar, ich könnte mit dem Quirl durch die Kaufhausdecke wegfliegen.

Ivis Blick wanderte nach oben, während sie den Quirl in der Hand drehte.

Klar, überlegte sie weiter, dass er gut fliegen konnte, hatte sie ja schon mitbekommen. Das Problem ist nur: Ich muss nicht nur aus dem Kaufhaus raus, sondern aus dem ganzen

Reich hier! Und dafür ist der Quirl viel zu schwach, das hat der Frau-Öttinger-Verstand sogar selbst gesagt! Bis hinauf zur Weichen Stelle komme ich damit nie! Noch dazu war sie ja nicht allein, das Radio, die Indianertasche samt Inhalt und der Arme Bär mussten ja auch mit.

Sie blickte durch die offene Decke nach oben. Das ist so hoch, dachte sie, sogar die Ballons sieht man irgendwann nicht mehr, wenn sie hochsteigen.

Moment.

Die Ballons.

Plötzlich spürte Ivi ein Kribbeln am ganzen Körper. Sie musste ...

»Wird das jetzt bald mal?«, zeterte der Arme Bär los. »Oder willst du an diesem Dingsbums rumfummeln, bis ich keine Lust mehr habe und du ihn umsonst kriegst? Das kannst du vergessen!«

»Wir ... wir machen kurz Pause«, sagte Ivi und öffnete ihre Tasche. Den Quirl klemmte sie sich kurz unter den Arm.

»He, so geht's ja nicht!«, protestierte der Arme Bär, »mitten im Verkauf! Das gab's ja noch nie!«

Doch Ivi hatte für solche Spielchen jetzt keine Zeit. Sie holte mit beiden Händen all ihre Luftballons heraus, verteilte sie im Raum und rief: »Los, jetzt zeigt mir mal jeder von euch, wie schön er sich aufblasen kann! Und die mit Schnur dran sorgen dafür, dass alle zusammenbleiben, ja?«

Genau so wurde es gemacht: Kaum berührten sie den Boden, fingen die schlaffen Gummisäckchen alle komisch an zu tanzen und Luft in sich hineinzufressen wie Hunderte bunte Maden. Im nächsten Augenblick war der Kaufhausboden schon eine einzige Gummiblümchenwiese. Die langen Schnüre aber, die einige Ballons bereits um den Kragen hatten, schlingelten und schlängelten sich emsig kreuz und quer durch die Menge und verzwirbelten alles zu einem enormen Gummiblümchenstrauß. Und die Ballonblümchen saugten immer mehr Luft ein, jetzt waren sie schon groß wie Tulpenblüten!

Nun hieß es schnell handeln. Mit zwei Schritten stelzte Ivi zum Frau-Öttinger-Radio hinüber und verstaute es in der Indianertasche. Ganz einfach so, als wäre es das Natürlichste von der Welt.

Doch leider hatte sie nicht mit dem Armen Bär gerechnet, der ja direkt daneben stand. Während sie sich nach dem Radio bückte, hopste er an ihrem anderen Arm hoch und begann, an dem Quirl zu zerren. »He, so geht's ja nicht!«, plärrte er zornig. »Das ist immer noch mein Quirl! Du hast noch nicht bezahlt! Geld her!«

»Nein, Armer Bär!«, rief Ivi verzweifelt.

Sie konnte dem Armen Bär das Geld ja nicht geben, denn nach seinem Verkauf wäre der Quirl vom nächsten Küchengerät in der Schlange sofort aus dem Kaufhaus gedrängt worden. Und die Wartenden wurden langsam ziemlich ungeduldig. Die Kaffeemühle, die zuvorderst stand, ließ schon ganz aufgeregt ihren Griff kreisen.

»Hör auf! Wir spielen jetzt nicht mehr Einkaufen, hörst

du? Wir müssen hier weg! Gleich fliegen wir!«, rief Ivi.

Aber das war ein Fehler. Denn auf das Stichwort »fliegen« kam sofort Leben in den Quirl, der bis dahin ganz still in Ivis Arm gelegen war. Er fing an zu brummen und zu röhren, erst noch etwas schepprig – aber dann wirbelten seine Propeller los! Und er zog Ivi samt Indianertasche und Armem Bär vom Boden weg!

»Nein, Quirl, noch nicht!«, schrie Ivi verzweifelt. »Warte doch!« Mit aller Kraft drückte sie ihn zu Boden und stellte sich auf seinen Griff. Sie musste gut aufpassen, dass sie nicht in seine wirbelnden Rührstäbe geriet. Zum Glück lief er noch nicht auf vollen Touren.

Da stand Ivi also auf dem knatternden Quirl, neben sich den wüst schimpfenden Armen Bär: »Wieso fliegen? Wohin? Und mit was denn überhaupt? Auf jeden Fall krieg ich vorher noch meine Penunse, jawohl, so sagen wir Verkäufer, wenn wir's ernst meinen!«

Gleichzeitig wuchsen um Ivi herum die Ballons immer weiter. Bald würden sie hochsteigen, dann musste sie sie packen! Aber wie an sie herankommen, ohne dass der Quirl unter ihr wegflog?

Doch das Allerschlimmste erkannte sie erst, als sie nach oben sah: Die Wände des Kaufhauses hatten nämlich längst auch erkannt, was Ivi vorhatte. »Flugalarm!«, klimperte es tausendstimmig über Ivis Kopf, »Flugalarm!«

Und Ivi sah, wie die oberen Münzen Stück für Stück immer weiter nach innen rutschten. Alle vier Wände bogen sich über ihr zusammen wie zu einer Kuppel! Die irgendwann geschlossen sein würde! Dann war alles umsonst!

Tränen schossen Ivi in die Augen. Sie presste sie so fest zu, wie sie nur konnte. Sie wollte nichts mehr sehen und nichts mehr hören.

Vor allem nichts mehr hören: das Tuckern des Quirls unter ihr, das unermüdliche Aufgeblase der Ballons um sie herum, das Geschimpfe des Armen Bär neben ihr, über ihr das kreischende Alarmgeklimper der Münzen. Und jetzt stimmten sie auch noch einen ihrer unausstehlichen Chöre an, um sich anzufeuern:

»König Futsch zu dienen ist das Tollste
Denn er ist der Aller-Wertvollste
König Futsch zu dienen ist das Tollste
Denn er ist der Aller-Wertvollste
König Futsch zu dienen ist das Tollste
Denn er ist der Aller-Wertvollste ...«

In Ivi wuchs der Zorn. Okay, sie sah es ja ein: Alles war schiefgegangen, die Ballons würden gleich ohne sie losfliegen und oben unter der Kuppel hängenbleiben, sie gab sich geschlagen. Nur dieser Chor hier: Der war echt nicht auszuhalten!

Und da kam sie auf eine Idee. Aber wirklich nur um diesen dummen Chor endlich zum Schweigen zu bringen!

Sie wühlte also in ihrer Indianertasche herum und fand den Schiffstift. Aber worauf schreiben? In der Tasche war nichts, das wusste sie, und um sie herum nur ein Feld von blumenkohlgroßen Luftballons.

Aber da, in ihrer Hosentasche, da fühlte sie einen Zettel. Sie zog ihn heraus: Stimmt, das war ja ihre Liste! Diese bescheuerte Siebensachen-Liste mit ihren verlorenen Dingen. Damit hatte die ganze Katastrophe angefangen!

Na, das passte ja großartig.

Sie drehte die Liste um und riss ein großes Stück davon herunter, während die Münzen oben an der Decke immer weiter ihren strohdummen Vers leierten:

»König Futsch zu dienen ist das Tollste

Denn er ist der Aller-Wertvollste...«

Inzwischen war die Kuppel nahezu geschlossen, aber das war Ivi jetzt auch schon egal. Sie malte auf den Fetzen Papier zuerst eine große »500«. Dann 32 Nullen – genau 32. Sie zählte sie dreimal nach. Und dann dahinter noch eine 1. So sah das aus:

500 000 000 000 000 000 000 000 000 000 000 001.

Oder in Worten: 500 Quintilliarden und 1.

So.

Und dann tippte sie den Armen Bär an, der immer noch vor sich hinschimpfte, und fragte ihn ganz ruhig: »Sag mal, Armer Bär – willst du nicht mal was anderes sein als Verkäufer?«

»Allerdings!«, schnaubte der. »Ich hab die Bärenschnauze voll! Ich will jetzt auch mal Käufer sein!«

»Aber ich weiß was viel Besseres! Wie wär's, wenn du das Wertvollste überhaupt wirst. Dann wärst du der große

Bestimmer hier!«

Der Arme Bär sah Ivi an, als wäre sie völlig verrückt geworden. »Aber das ist doch König Futsch. Der ist der Wertvollste hier, eindeutig!«

»Jetzt nicht mehr«, antwortete Ivi, riss ein kleines Loch in das »500 Quintilliarden und 1«-Preisschild und stülpte es dem Armen Bär übers Ohr.

»A... aber das geht doch nicht so einfach!«, meinte der Arme Bär fassungslos.

»Pff, wenn mein Papa Geldscheine malen kann, kann ich auch einen Preis für dich festlegen«, stellte Ivi fest. »Und ich finde, du bist der Wertvollste hier. Finde ich übrigens schon immer.«

»Echt?« Der Arme Bär lachte verlegen. »Du bist aber lieb!«

»Jaja, weißt du doch sowieso«, winkte Ivi ab. »Aber jetzt sag's bitte auch gleich denen da oben. Damit sie endlich mit diesem saublöden Chor aufhören, wie Seine Majestät Der Arme Bär sagen würde!«

Mittlerweile war die Kuppel vollständig geschlossen. Im Kaufhaus wurde es ganz schön düster. Ivi sah im Dämmerlicht gerade noch, wie die Luftballons um sie herum ganz sachte in einer riesigen Traube abhoben. Aber das war in dem Moment egal. Sie wollte nur, dass die da oben endlich still waren. »Los, Armer Bär! Sag's ihnen!«

»Seine Majestät Der Arme Bär ...« sagte der Arme Bär vor sich hin. Das gefiel ihm sehr gut. Er stand auf und streckte seinen abgewetzten Fellkörper.

Und dann kreischte er ganz und gar nicht majestätisch los: »He, ihr da oben! Hört gefälligst auf!«

Tatsächlich verstummte der Chor vor Überraschung. Aber im nächsten Augenblick klimperte von hoch oben ein einzelnes Stimmchen: »Was will denn der? Du hast uns gar nichts zu sagen! Kommt, wir rufen weiter!«

»O nein!«, fuhr da der Arme Bär dazwischen. Er lief zur nächsten Wand, klopfte dagegen und verlangte: »Los, einer von euch mal herschauen!« Er wies auf das Preisschild an seinem Ohr. »Was steht da drauf?«

»Ja, was soll denn da draufstehen bei dem kleinen Verkäufer-Angeber?«, klimperte es von oben. Einige Münzen unter der Kuppel kicherten.

Eine Silbermünze schob sich aus der Wand neben dem Armen Bär heraus, und der Kopf darauf nahm Ivis Zettel in Augenschein. Und stöhnte entsetzt: »Das ist doch nicht möglich! Dieser kleine Wicht ... ist ... sage und schreibe ... 500 Quintilliarden und 1 wert!«

»Ganz genau!«, krähte der Arme Bär. »500 Quintilliarden und 1! 1 mehr als euer König Futsch, hört ihr? Damit bin ich der Wertvollste hier! Und der Bestimmer, jawohl!«

Ein Raunen erhob sich unter den Münzen wie ein Sturmwind, die Wände schwankten bedenklich.

Aber da ging der Arme Bär gleich wieder dazwischen: »Ruhe, jetzt rede ich! Und ich bestimme hiermit, dass mit dieser saublöden Kauferei Schluss ist! Das ist langweilig! Und das Kaufhaus wird abgerissen!«

Daraufhin wackelten die Münzwände wie bei einem Erdbeben. Rufe flogen hin und her wie: »Na los, wir bauen ab!« »Wie, nur weil dieser kleine Zausel das sagt?« »Der ist immerhin größer als König Futsch!« »Geld regiert die Welt! Und der da ist kein Geld!« »Ja, aber er ist am meisten wert!« »Genau, die Zahl auf dem Preisschild!« »Die Zahl!« »Die Zahl!«

»Die Zahl« – auf einmal brauste das Wort durchs Kaufhaus, von unten nach oben und rundherum! Plingplang, die ersten Münzen sprangen schon ab. Die Wände bröckelten. Und dann stürzte das ganze Gebäude mit einem einzigen ohrenbetäubenden Geprassel in sich zusammen.

Sssssssssssttttrrrrrrrruuupsssssssssssssss!!!!

Ivi, die immer noch auf dem Quirl stand, blinzelte nach oben ins Licht - denn auf einmal war es ja wieder hell. Und da sah sie, wie ihre Ballontraube ganz gemächlich aus den Kaufhausruinen nach oben stieg.

Wie wunderschön, dachte sie.

Und dann aber gleich: Wie denn wo denn was denn!?!

Die fliegen ohne mich!!!

Sie kam auf die Beine und sprang, so hoch sie konnte, um einen von ihnen zu erwischen! Doch die Ballons waren schon außer Reichweite.

Dafür knatterte der nun frei gewordene Quirl in die Höhe, er stieg nach oben, direkt an Ivis Nasenspitze vorbei!

Aber diesmal reagierte sie rechtzeitig. Mit einem gewaltigen Satz, auf den jeder Floh hätte stolz sein können, hechtete sie hinterher und erwischte den Quirl am Griff. Sie packte

fest zu, und das Gerät sackte erst einmal tiefer. Ivi streifte mit den Füßen am Boden entlang.

»Nimm meine Hand!«, rief Ivi dem Armen Bär zu. »Wir fliegen hoch zur Weichen Stelle!«

Doch der Arme Bär schüttelte den Kopf und grinste so breit, dass sich das abgewetzte Schnauzenfell spannte. »Ich denk ja gar nicht dran, jetzt wo ich hier der Bestimmer bin!«

»Wie, du willst hierbleiben?«, fragte Ivi ungläubig. »Komm schnell, wir fliegen heim!«

Doch der Arme Bär blieb dabei. »Nö, das geht nicht. Ich werde hier gebraucht! Von wegen Geld regiert die Welt. Ab jetzt regiere ich! Und als neuer König muss ich mir natürlich noch einen tollen Hofstaat zusammensuchen. Hihi, die scheuche ich dann ordentlich in der Gegend rum. Und so eine schicke Leibgarde will ich auch haben. Ich denke da an die Playmobil-Ritter und die Karate-Barbies. Und auf den Stofftier-Pferden reite ich dann immer durch mein Reich. Und Bübü wird mein Spürhund, wenn ich was nicht finden kann. Und dann muss ich noch ganz superneue Gesetze erlassen! Also, erstmal muss es jeden Tag fette Torte geben, sonst hagelt's saftige Strafen! Und dann, ach, das wird alles so schön …«

»Aber …«

»Jetzt flieg schon los, Ivi! Mach's gut! Ich komm hier sehr gut alleine zurecht. Und du bist sowieso schon viel zu alt für ein Stofftier!« Damit wandte sich der Arme Bär endgültig ab. »Aus der Bahn, ihr Klimperdinger! Platz für den

Armen-Bär-Mehrwertkönig!«

Auf einmal röhrte über Ivi der Quirl auf: Er hatte jetzt auf schnellste Rührstufe geschaltet und stieg steil nach oben!

Ivi sah unter sich den Armen Bär, wie er mit stolzgeschwellter Brust davonschritt und der Kleingeld-Schutt des Kaufhauses in Ehrfurcht vor ihm zurückwich. Er wurde schnell kleiner.

»Wiedersehen, Armer Bär«, rief Ivi noch. Aber er hörte sie nicht mehr – sie war zu weit weg und der Quirl zu laut.

VIERZEHNEINHALBTES KAPITEL

IN DEM … NAJA, IST JA EH NUR GANZ KURZ

Endlich gab das Kästchen hinter dem Kühlschrank nach, und Frau Öttinger hatte es in der Hand.

Es war ihr Radio.

Einen Augenblick war sie völlig verwirrt.

Bis sie auf einmal erfreut ausrief: »Ach du liebes Rädchen, Frau Öttinger! Ich bin wieder da!«

Sie richtete sich auf und sah sich neugierig in der Küche um. Nach einer Weile nickte sie bedächtig.

Dann fiel ihr Blick noch einmal hinter den Kühlschrank, und sie entdeckte am Boden die Butterdose. »Also, das hätte ich aber auch nicht gedacht, dass ich die hier finde.« Sie schüttelte den Kopf und musste lachen. »Dabei suche ich doch etwas ganz anderes!«

Sie lachte immer noch, als sie im Hinausgehen die Herdplatte abdrehte.

FÜNFZEHNTES KAPITEL

DAS ECHT DIE HÖHE IST

Der Quirl schraubte sich immer weiter in die Höhe. Bald schon traute Ivi sich nicht mehr nach unten zu schauen, so hoch flog sie. Also sah sie nach oben. Zu der Ballontraube hin, die groß und galant Richtung Decke schwebte. Richtung Weiche Stelle. Wenn sie da rankamen und Ivi sich unten an die Ballons dran hängen konnte, schafften sie es vielleicht!

Und der Quirl gab wirklich alles: Immer schriller heulte sein kleiner Elektromotor auf, und immer näher kam die Traube. Hatten sie die erreicht, konnte er sich erst mal etwas ausruhen.

Das war auch nötig, Ivi spürte schon, wie er heiß lief.

»Gleich hast du's geschafft« feuerte sie ihn an. »Nur noch ein bisschen!! Go, Quirl, go!«

Noch zwei Meter bis zur Traube.

Noch einen.

Ivi streckte schon ihre freie Hand aus.

Jetzt waren die herabhängenden Schnüre der Ballons in Reichweite. Nur noch ein winziges Stückchen ...!

»Ja, hol dir die Goldmedaille!«

Geschafft!

Ivi hatte die Schnüre in der Faust.

»Ich hab sie!«, rief sie. Der Quirl jaulte erschöpft auf und schaltete auf eine niedrigere Rührstufe herunter. Aber dennoch sackten er und Ivi nicht ab. Sie stiegen weiter!

»Wir schaffen das, wir schaffen das echt!«, jubelte Ivi. »Danke, Quirl!« Sie war stolz auf ihn. Diesen Spinner unter den Küchengeräten.

Puh, dass das geklappt hatte. Erst mal durchatmen.

Wie weit es wohl noch war?

Ivi konnte über sich immer noch nichts erkennen. Von einer Weichen Stelle keine Spur, egal, wie die auch aussehen mochte. Nur milchiges trübes Nichts mit vielen bunten Ballons davor.

Peng!!!

Ein bunter Ballon weniger!

Und Peng!!! gleich noch einer!

Peng!!! Peng!!! Peng!!!

Noch mal drei!

Und auf einmal spürte Ivi wieder so ein Sirren um sich herum, wie bei ihrer ersten Luftreise mit dem Quirl.

Da wurde auf sie gefeuert!

Nur musste sie im nächsten Moment feststellen, dass es diesmal keine hochgeschleuderten Münzen waren. Leider.

Diesmal wurde mit Schrauben geschossen! Diese blöden Schrauben, wie aus Papas und Mamas Laden! Und die brachten die Ballons zum Platzen. Inzwischen waren so viele geplatzt, dass sie bereits wieder an Höhe verloren! O nein!

»Quirl, merkst du's nicht?«, schrie Ivi. »Wir sinken! Spring wieder an!« Doch er gab nur ein Röcheln von sich, er war einfach zu erschöpft. So ein Mist!

Ivi blieb erst mal nichts, als zum Schutz vor den Schrauben das Kinn an die Brust zu ziehen. Dabei aber warf sie unwillkürlich einen weiteren Blick nach unten – und nun sah sie erst die wahre Katastrophe:

Denn offensichtlich hatte es sich im Reich noch nicht herumgesprochen, dass der Arme Bär das Zepter des wertvollsten Dings schwang. Nein, da unten führte nach wie vor ganz klar König Futsch das Regiment!

Und der ließ nicht nur Gummiringe mit Schrauben und Nägeln auf Luftballons schießen. Ivi sah ihn auch höchstpersönlich.

Direkt unter ihr stand nämlich anstelle der Kaufhausruinen auf einmal ein Turm. Ein Turm, in dem sich in einem rasenden Wirbel von Aberhunderten Brettern, Nägeln und Hämmern ein Stockwerk auf das nächste setzte. Mindestens alle drei Sekunden ein neues! Und ganz oben auf dem Dach des Turms stand der Bauherr des Ganzen: Der große kleine König Futsch.

Und er war Ivi schon gefährlich nahe!

»Du hast ja so recht, Ivi!«, rief er jetzt fröhlich zu ihr hinauf. »Was sollen wir uns mit dieser lästigen Kauferei aufhalten! Wir bauen den Turm jetzt gleich! Und gehen alle zu dir nach Hause!«

Er beugte sich nach unten und kommandierte: »Kommt schon, Untertanen! Nicht den Anschluss verlieren!«

Woraufhin ein wüster Ansturm der Dinge auf die unteren

50

Stockwerke begann. Der Turm fing gleich gefährlich an zu schwanken, was Ivi einen kurzen Augenblick hoffen ließ. Aber leider verstanden die Nägel und Hämmer inzwischen ihr Handwerk, das Bauwerk hielt.

Ivi sah nach oben: Es waren schon kaum mehr Ballons übrig. Gleich würde König Futsch sie wieder gefangen nehmen – falls nicht vorher der letzte Ballon abgeschossen wurde und sie in die Tiefe fiel. Sie musste schnell etwas unternehmen! Aber was?

Da fiel ihr das Radio in ihrer Tasche ein. Vielleicht hatte ja der Frau-Öttinger-Verstand die rettende Idee! Am Ende hatte er ihr diese Idee schon die ganze Zeit zugerufen, und sie konnte sie nur nicht hören – weil der Arme Bär das Radio leise gestellt hatte!

Ivi übergab also die Ballonschnüre in ihre Quirl-Hand, öffnete mit der anderen die Tasche – und fand darin kein Radio.

Es war weg!

Handschuh, Zehner, Ohrringe, Schiffstift, Jo-Jo, Mütze, sogar der Kätzchen-Schlüsselanhänger – alles da! Nur das Radio nicht!

Ivi wühlte immer hektischer im Tascheninneren herum, sie war völlig fassungslos, wie der Arme Bär damals, als Kissi auf einmal weg war.

O nein. Genau das musste es sein.

Das Radio war gefunden worden!

Es geht doch wirklich alles schief, verflitscht und verflutscht noch mal, fluchte Ivi bei sich. Wieso ausgerechnet jetzt, wo ich den Verstand so dringend brauche? Oder wann war das passiert? Sie hatte das Radio ja nicht mehr gesehen, seit sie es vorhin in die Tasche gesteckt hatte.

Egal.

Auf jeden Fall war das Ivis letzte Hoffnung gewesen. Und die letzte Hoffnung der ganzen Welt, bevor sie von König Futsch und seinem Riesen-Tsunami der verlorenen Dinge überflutet und begraben wurde. Wie magnetisch angezogen kamen sie alle den Turm nach oben geklettert: die Schlüssel und die Zahnbürsten und die Broschen und die flatternden Notizblöcke und die … ach, sie hatte diese Dinge einfach alle so satt.

Ivi spürte schon den Boden des obersten Turmstockwerks unter den Füßen. Es war vorbei. Sie ließ den letzten kümmerlichen Ballon und den Quirl los. Müde tuckerte er durch die Luft davon.

Sie machte die Augen zu. Was sollte sie noch groß tun? Hilft ja alles nichts mehr.

Und da war er auch schon. König Futsch. Sie spürte, wie er von unten froh an ihrem Ärmel zupfte. »Wir zwei«, hörte sie ihn raunen, als wäre sie sein engster Kumpel und Verschwörer, »die Käuferin und der Futsch, wir zwei! Wir werden die Welt regieren. Du bist der wertvollste Mensch von allen, hochgeschätzte Ivi!«

Aber da war sie schon gar nicht mehr richtig da.

Sondern futsch.

Oder unfutsch?

SECHZEHNTES KAPITEL

IN DEM ETWAS FUTSCH UND DA IST

»Aha!«, rief wer. »Hab ich dich gefunden, kleine Dame!«

Ivi öffnete die Augen, aber es blieb erst mal dunkel. Nicht unangenehm, aber seltsam. Gerade war sie doch noch hoch oben auf dem Turm von König Futsch gewesen. Stattdessen steckte sie auf einmal in irgendetwas drin. Wo es ganz herrlich weich war, ach, da wollte sie nie wieder weg.

Doch dann wurde über ihrem Kopf ein Kissen hochgehoben – und Ivi schaute direkt in das freudestrahlende Gesicht von Frau Öttinger. Allerdings ohne den Cowboyhut mit den Schaumstoffhörnern. Was machte denn die auf einmal hier?

Dafür baumelte neben ihrem Kopf etwas an einem Riemen, das sie triumphierend in die Höhe hielt:

»Ist das vielleicht deine …«

»Meine Indianertasche!«, rief Ivi und setzte sich auf.

Sie war ja …

Sie war wieder zu Hause! In ihrem Zimmer!

In dem Haufen, wo sie sich vor Frau Öttinger versteckt hatte!

Sie sprang auf und umarmte die alte Frau stürmisch.

»Verflitscht und verflutscht, vielen Dank, Frau Öttinger!«

Das war also doch alles nur ein Traum gewesen. Puh, war

ihr auch lieber so. Und Glück hatte sie noch dazu, Frau Öttinger hatte ihre Tasche gefunden!

Vielleicht hatte sie ja noch mehr Glück, und da steckten wirklich ihre verlorenen Sachen drin, so wie im Traum?

Sie nahm die Tasche in Empfang und öffnete sie hastig: Der Handschuh. Papas Zehner. Die Mütze. Die Glitzer-Ohrringe. Das Leucht-Jo-Jo. Der Schiffstift.

»Das gibt's ja nicht, alles da!«, jubelte Ivi. Sie umarmte Frau Öttinger gleich noch mal. »Sie sind echt die Beste!«

Aber da war ja noch was, an einem der Ohrringe hing es dran. Ein Schlüsselanhänger mit Plüschkätzchen, der gehörte aber sicher nicht ihr. Den hatte sie noch nie gesehen, oder doch, ja, aber ... doch nur im Traum ...?

»Dass du die Tasche nicht selber gefunden hast«, wunderte sich Frau Öttinger. »Hier, gleich neben dir hat sie gelegen!«

Aber weil Ivi noch so durcheinander wirkte, lenkte sie gleich ein: »Naja, ist doch meistens so. Was man sucht, findet man meist nicht, weil man es direkt vor der Nase hat!«

Sie blickte sich um und zeigte auf die Haufen in Ivis Zimmer und draußen im Flur. »Du musst noch ein bisschen aufräumen, bevor deine Eltern nach Hause kommen, stimmt's?«

Ivi nickte verdattert. Frau Öttinger war irgendwie auch auf einmal anders, obwohl sie ganz genauso aussah wie vorher. Bis auf den fehlenden Hut natürlich.

»Na, dann will ich dich nicht weiter aufhalten. Weiß du was? Ich backe uns einen schönen Kuchen. Mit dem kannst du dich dann stärken nach dem vielen Aufräumen. Wie wär's mit Rosinenkuchen?«

Ivi sah sie erstaunt an und brachte statt einem Wort nur ein Nicken zustande.

»Na, dann auf und frisch ans Werk, Ivi!«

Zum Abschied zwinkerte sie Ivi noch einmal verschwörerisch zu, und dann war sie weg. Ivi hörte, wie sich die Wohnungstür schloss.

Merkwürdig, außerordentlich merkwürdig, dachte sie, während sie immer noch den Kätzchen-Schlüsselanhänger betrachtete. Dabei bemerkte sie, dass etwas aus ihrem Ärmel hervorlugte. Irgendein kleines Lederding ... Ivi zog es heraus.

Es war ein kleines Etui, wie für eine Fahrkarte. Mit einer Art Geldschein drin.

Ivi zog ihn aus der Hülle. Ein leicht angegilbter Spielgeldschein mit einem Männchen in schwarzem Anzug mit weißem Schnauzbart, dessen Enden angebermäßig nach oben gebogen waren, und einem zu großen Zylinder auf dem Kugelkopf. Unter dem Männchen stand eine 500, und dahinter hatte wer ganz viele krakelige schwarze Nullen gemalt. Sie zählte 33.

Sie betrachtete ihn eine ganze Weile ungläubig und hatte ein bisschen Angst, er könnte jeden Moment loskrakeelen: »Los, Ivi, auf geht's beim Dollar und beim Cent, wir sind schon spät dran, ich habe noch eine Audienz bei der Königin von England und beim Papst! Wo geht's hier zum Bahnhof?« Vorsichtig stupste sie ihn an. Hatten nicht die Enden seines Schnurrbarts gezittert? Nein. Er blieb stumm. Er war einfach nur ein alter vergilbter Lappen Papiergeld mit vielen aufgemalten Nullen. Beruhigt steckte sie den Schein ein und dachte: Na bitte, jetzt bist du endlich auch wieder an deinem Platz.

Und dann begann sie mit Aufräumen.

Eine Stunde später saß Ivi am Küchentisch und mampfte den Rest der käsigen Nudeln mit dem bisschen Tomatensoße dran. Wie gut die jetzt schmeckten, obwohl sie inzwischen ganz kalt waren. So viel Ordnung-Schaffen machte einfach Hunger!

Mit großem Vergnügen betrachtete sie dabei ihr neuestes Sockenpaar an ihren Füßen: Der eine grün-gelb geringelt, der andere rosa.

Zuerst hatte sie sich wahnsinnig geärgert, als ihr beim Aufräumen wieder der einzelne rosa Socken untergekommen war. Den zweiten hatte sie im Reich der verlorenen Dinge glatt zu suchen vergessen! (Allerdings hatte sie vor den Socken auch immer mächtig Muffe gehabt. Deren Berg war der allerallergrößte im ganzen Reich, hieß es! Angeblich waren Socken nämlich derart geschickt und wendig, dass sie es auch noch durch die kleinsten Weichen Stellen ins Reich der verlorenen Dinge schafften. Und solche Stellen siedeln mit Vorliebe in Waschmaschinen!)

Aber dann hatte Ivi sich gedacht: Ärgern hilft auch nichts. Jedenfalls soll der arme rosa Socken hier nicht nur unglücklich und nutzlos rumliegen müssen. Der kann ja auch nichts dafür, dass sein Partner weg ist!

Darum hatte sie ihn jetzt kurzerhand mit einem anderen Einzelsocken zusammengespannt – und sie gaben ein sehr schönes Paar ab, fand sie. Und wackelte lustig mit den Zehen.

Da ging die Wohnungstür.

»Hallo Ivi!«, riefen ihre Eltern.

»Hallo Mama, hallo Papa!« Ivi rannte freudestrahlend auf sie zu und streckte ihre Arme aus. Ihr Vater fing sie mit einem Arm auf und hob sie hoch, aber immer darauf bedacht, dass Ivi nicht im engen Flur mit den Füßen gegen die Wand schlug.

»Ivi«, sagte er lachend, »was ist denn mit dir los? So freudig werden wir ja sonst nie begrüßt.«

»Hast du uns am Ende vermisst?«, fragte Mama, die Ivi jetzt auch drückte und ihr einen Kuss gab.

»Und wie«, sagte Ivi, »ihr könnt euch gar nicht vorstellen wie! Kommt, ich muss euch was zeigen!« Sie zog ihre Eltern an den Händen in ihr Zimmer.

Dort lauschte Ivi zufrieden den vielen »Ah!«s und »Oh!«s und »Heinzelmännchen-Alarm!«s, mit denen ihre Eltern ihre Aufräum-Schufterei der letzten Stunde würdigten. So ordentlich war ihr Zimmer wirklich noch nie gewesen, das musste sie zugeben.

»Schaut mal!«, rief Ivi stolz und zeigte auf ihre wiedergefundenen Siebensachen, die sie auf ihrem Bett ausgebreitet hatte.

»Das ist ja eine tolle Überraschung – alles, was du verloren hattest, oder? Wo kommt das denn auf einmal her?«, fragte Ivis Mama.

»Na gesucht und gefunden! Ganz einfach«, sagte Ivi, als wäre es das Selbstverständlichste von der Welt.

»Wie ich immer sage: Wer suchet, der findet«, lobte Mama.

Ivi beobachtete ihren Papa.

Er nickte nur ganz langsam. So wie er es meistens machte, wenn ihm etwas gefiel.

»Und?« Er lächelte Ivi an. »Waren die Sachen da, wo du geglaubt hast, dass sie sind?«

»Nein«, antwortete Ivi, »sie waren da, wo ich *gewusst* habe, dass sie sind.«

»So?« Papa zog die Augenbrauen hoch. »Und wo war das?«

Worauf sich Ivi ganz lässig im Stuhl zurücklehnte und sagte: »Na, wo wohl. Im Reich der verlorenen Dinge!«

Das entlockte ihm ein Grinsen. »Dieser Antwort gebührt der Hauptgewinn!«, verkündete er feierlich. Und er zauberte hinter seinem Rücken ein Stück Kuchen auf einem Teller hervor.

»Der dampft ja noch«, meinte Ivi. »Wo hast du den her?«

»Tja, das war auch eine Überraschung«, sagte er. »Von der Frau Öttinger. Sie ist uns auf der Treppe entgegengekommen und hat ihn uns für dich mitgegeben.«

»Das ist aber nett!«

»Ja, im ersten Moment bin ich richtig erschrocken ...«

»Erschrocken? Wieso?«

»Naja, das letzte Mal, als Frau Öttinger einen Kuchen backen wollte, so vor fünf oder sechs Jahren, da hätte sie fast das ganze Haus abgefackelt.« Papa kratzte sich am Kopf. »Und irgendwie ist sie mir heute ganz anders vorgekommen, gar nicht so verwirrt ... Eigentlich ganz normal!«

»Ja, ist mir irgendwie auch so vorgekommen«, sagte Ivi und nickte erwachsen. »Vielleicht hat sie ja endlich ihren verlorenen Verstand gefunden. Wie ich meine Siebensachen.« Ivi fand selber, dass das etwas altklug klang – aber naja, wenn's stimmt ...?

»Möglich«, erwiderte Papa, aber er sah nicht sehr überzeugt aus.

»Aber eins vermisse ich hier«, wandte sich Mama nun an Ivi. »Wo ist denn der Arme Bär? Der ist doch immer auf deinem Bett gesessen. Hast du denn einen neuen Platz für ihn?«

Ivi sah sich in ihrem Zimmer um. Stimmt! Der Arme Bär war nicht mehr da! Sie schluckte.

»Der Arme Bär, also ... der ist nicht mehr da. Der ist ...« Sie stockte. Wie sollte sie das erklären?

»... naja, der Arme Bär ...«, setzte sie wieder an, »... also ich bin einfach zu alt für ein Stofftier. Und da habe ich ihn wo hingegeben, wo er ganz wichtig gebraucht wird!« Ihre Stimme wackelte noch ein bisschen, aber dann beendete sie ihre Erklärung mit einem weisen Nicken.

»Das ist schön, Ivi«, sagte Mama erstaunt.

»Ach, und übrigens«, nun fiel Ivi etwas ein, »ich hab noch was gefunden!« Sie wollte es ganz spannend machen. »Etwas, das, glaube ich, *du* vermisst, Papa ...«

»Ich?« Er sah sie verblüfft an. »Ich habe doch nichts verloren, zumindest nicht dass ich wüsste ...«

»Und was ist damit?« Ivi holte den 500-Quintilliarden-König Futsch-Spielgeldschein aus ihrer Hosentasche und streckte ihn ihm entgegen.

Er nahm den Schein in die Hand – und dann ging sein Mund so weit auf, dass man bequem einen Tischtennisball hätte hineinwerfen können. So sah ihr Papa also aus, wenn er überrascht war. Er war geradezu – wie sagt man? Fassungslos! Mindestens eine halbe Minute lang schüttelte er stumm den Kopf. »Aber wo hast du denn den gefunden?«, fragte er endlich. »Das kann doch nicht sein! Als ich ihn damals verloren habe, hab ich ganz woanders gewohnt!«

Ivi zuckte mit den Achseln. »Naja, aber jetzt ist er hier. Den hab ich auch mitgebracht aus dem Reich der verlorenen Dinge. Glaubst du mir das?«

Nun starrte ihr Vater nur noch auf den Schein. Er wusste gar nicht mehr, was er sagen sollte.

»So ist das«, sagte Ivis Mama schließlich. »Manchmal kann man eben nichts tun als glauben.«

Noch einmal schüttelte Ivis Papa den Kopf, er verstand es einfach nicht. »Tja, der eine glaubt, der andere schraubt.« Bis er plötzlich auch lachen musste. »Bin ich jetzt kein Schrauber mehr?«

Ivis Mama legte ihm den Arm um die Schulter. »Ich finde glauben ja sowieso manchmal gar nicht so schlecht. Zum Beispiel wie in: Ich *glaube*, ich habe jetzt Hunger!«

»Das stimmt«, musste Ivis Papa zugeben. »Wobei ich sogar so weit gehen würde zu sagen: Ich *weiß*, ich habe jetzt Hunger.«

»Ja«, meinte Ivi, »und ich *glaube*, das da ist ein außerordentlich gutes Stück Rosinenkuchen!«

Und sie setzten sich alle drei an den Tisch und aßen es.

Claudia Kaiser und Martin Lickleder arbeiten seit 1998 nicht immer, aber oft gemeinsam und zwar mit Vorliebe für das junge und ganz junge Publikum. Neben zahlreichen Hörspiel-Vertonungen, Animations-Drehbüchern und -Musiken sind sie auch am Theater zugange, wofür sie z.B. auch das Kinder-Western-Musical „Loreen schießt in die Luft“ geschrieben und komponiert haben. Sie leben als Autoren, Musiker und Übersetzer in München.

Martin Pflanzer wurde in 1985 Bukarest geboren. Er arbeitet als Grafiker, Verleger und freischaffender Künstler in München. Bei der Arbeit an diesem Buch haben sich seine Stifte und Pinsel öfters verselbstständigt…

7